光文社文庫

長編時代小説

敵討ち

般若同心と変化小僧㈧

小杉健治

光 文 社

目次

第一章　立て札の女　7
第二章　兄の行方　83
第三章　谷中の隠れ家　162
第四章　護持院原の決闘　241

敵討ち

般若同心と変化小僧(八)

第一章　立て札の女

一

天保《てんぽう》十五年（一八四四）五月。

南町定町廻《じょうまちまわ》り同心の柚木源九郎《ゆきげんくろう》は岡っ引きの与市《よいち》とともに芝口《しばぐち》に向かっていた。京橋《きょうばし》を渡り、大店《おおだな》が立ち並ぶ賑やかな大通りを新橋《しんばし》に近づく。

「旦那《だんな》。ほんとうに明るくなりましたね」

与市が弾《はず》んだ声で言う。行き交う女たちの着物も赤っぽい色が目立ち、きらびやかに着飾った女の姿もある。それより、人びとの顔つきに余裕があった。

「くだらん取締りがなくなって、こっちも楽になった」

昨年の天保十四年閏《うるう》九月に、老中水野忠邦《みずのただくに》が老中職を罷免《ひめん》された。天保の改革の推進者である忠邦が失脚したことを、江戸の市民は躍り上がって喜んだ。

その日の夜、水野忠邦の屋敷に大勢の市民が押しかけた。改革によって、職を失った者たちが怨《うら》みを晴らそうと集まったのだ。

この改革によって職を失った者は多い。芝居小屋で働く者、茶屋や矢場などの盛り場で働く者、奢侈《しゃし》の禁止で商売に影響の出た呉服屋、小間物屋、骨董屋など数え上げたらきりがないほどだった。

そういった怨嗟《えんさ》がひとつになって屋敷襲撃という暴動に発展したのだ。

ただ、忠邦が老中をやめさせられたあとも、鳥居甲斐守《とりいかいのかみ》はいまだ失脚せずにいるのだ。忠邦と鳥居甲斐守の関係からして鳥居が無事にいることが信じられなかった。

倹約令はそのまま続けられ、鳥居甲斐守も南町奉行の職にあったが、取締りはゆるやかになった。

各地の盛り場では芝居小屋や見世物小屋も出来、たくさんの見物人が押し寄せ、賑わいが徐々に戻りつつあった。

この大通りも町人や武士、それに駕籠《かご》や大八車も通り、改革前までとはいえないが、活気を呈しているようだ。

尾張町《おわりちょう》を過ぎ、やがて新橋に差しかかった。

その女のことを教えたのは与市だった。

与市は、十日ほど前、ある事件の聞き込みのために芝神明町《しんめいちょう》にある商家を訪ねた。その帰り、頭に手拭いをかむった年増《としま》の色っぽい女が芝口河岸《がし》で熱心に立て札を見ていたのに出会った。

芝口河岸には行き倒れや、水死人、迷子などがあった場合には、年格好や服装などを書いた立て札を立てることになっていた。

知り合いに行方不明になったものがいて、その手掛かりを探しているのだろうと与市は思った。三日前にも、芝神明町に行った帰り、新橋を渡っているとき、再び手拭いをかむった件《くだん》の女とすれ違った。

踵《きびす》を返し、女のあとを追うと、案の定、芝口河岸の立て札のところに行った。そして、立て札を熱心に見ていた。

念のために近くの荒物屋の亭主にきくと、毎日来ているとのことだった。

二日前、たまたま、話のついでに、与市がその話を源九郎にしたのだ。源九郎は聞き終えて考え込んだ。

ふつうだったら、そのまま聞き流してしまうのだが、源九郎は何か気になった。知り合いの者が行き倒れか水死人になったのかもしれない。行き倒れとは考えにくい。だとしたら、飛び込みだ。

女の許嫁《いいなずけ》か、間夫《まぶ》か。

気になると、調べなくては落ち着かない。幸い、以前のように倹約令の取締りなどという余分な労力が実質的にはなくなったので、時間はあった。

新橋を渡り、芝口河岸にやって来た。

立て札の前に数人いたが、例の女はまだ来ていない。

「そろそろ現れる頃ですが」

与市が橋のほうを見て言う。

その女は毎日、昼下がりの決まった時間に新橋を渡って来るという。もう、十日あまりになる。

それから、四半刻《しはんとき》（三十分）ほどして、与市が口を開いた。

「旦那。あの女です」

手拭いをかむっている。首の細い女だ。堅気《かたぎ》ではない。茶屋で働いている女か。二十四、五歳というところか。

少し離れた場所から、源九郎は女の様子を窺《うかが》った。熱心な眼差《まなざ》しで、立て札を見ている。それは、新しい立て札だ。

立て札は七日間だけ立てるように義務づけられており、期限が過ぎたものは新しいものと代わる。

女は新しい立て札を熱心に見つめていた。そして、すぐその場から離れた。

源九郎はあとを追った。女は近くの自身番に駆け込んだ。なにやら、店番のものに訴えている。

立て札を確かめて与市がやって来た。

「女が見ていたのは、水死人でした。二十歳から二十歳半ばの中肉中背の男です。熊井町《くまいちょう》の岸辺で引き上げられたそうです」

「どうやら間夫だな」

お歯黒《はぐろ》もしていないので、所帯を持っていない。間夫かもしれないと思った。

「出て来ました。女が何をきいたのか、きいてきます」

「よし。俺は女をつける」

源九郎は女のあとをつけた。

新橋を渡って、すぐ三十間堀の方向に曲がった。案の定、女は木挽橋《こびきばし》の近くにある料理屋に入って行った。

悪事と関わりを示す証《あかし》があるわけではないので、これ以上踏み込むことは憚《はばか》られた。なんでもなかった場合にはいい訳に困る。

源九郎は芝口河岸のほうに引き返した。与市がきょろきょろしていた。

「旦那。こっちでしたか」

与市が駆けてきた。

「やっぱし、あの水死人のことをきいていたそうです。それで、熊井町の自身番に行くようにと伝えたそうです」

「よし。先回りしよう」

女は料理屋から出て来ると思った。

源九郎は通りを急ぎ、京橋を過ぎ、江戸橋を渡ってすぐ右に曲がって永代橋《えいたいばし》へ向かった。与市が早足でついて来て、

「旦那。ほんとうに何かあるんですかねえ」

与市が半信半疑できいた。

「俺にもわからねえ」

源九郎は正直に答える。

家出をした誰かを探しているだけなら、あんな立て札を調べるはずはない。目当ての人間は死ぬ理由があったのだ。なぜ、死ななければならないのか。そこが問題

だ。それが悪事に関わっているかもわからない。

永代橋を渡って右に行けば、熊井町である。大川に面している。

「与市。ここで、女を見張ってくれ」

「わかりました」

源九郎はひとりで熊井町の自身番に入った。

「これは柚木さま。お珍しいことで」

店番の者がにこやかに言う。

奥の畳を敷いた部屋で小机に向かっていた家主と書役もいちように挨拶《あいさつ》をした。

「少し、休ませてくれ」

「どうぞ。こちらにお上がりください」

「いや、ここでいい」

自身番は狭いので、源九郎は上がり口に腰を下ろした。

「どうだ、こっちのほうは最近変わったことはないか」

源九郎はさりげなくきいた。

「はい。しいていえば、土左衛門《どざえもん》が上がったくらいでしょうか」

「ほう、土左衛門とな。いつだ?」

源九郎はとぼけてきき返す。

「はい。三日前、そこの岸辺の杭《くい》に引っかかっておりました。まだ、若い男でございました。秦野《はたの》さまにもご検死いただきましたが、体に刺し傷や殴られたあともなく、誤って川に落ちたか自ら飛び込んだかということになりました」

秦野というのは奉行所の与力《よりき》だ。

「身許《みもと》は？」

「それがわからないのです。それで、芝口河岸に立て札を立てました」

「そうか。ならば、いずれ、立て札を見たものが来よう」

源九郎が言ったとき、与市が小走りにやって来た。

来ましたと、目顔で言う。

やがて、さっきの女が駆け込んで来た。源九郎の姿を見て、ちょっと臆《おく》したように、佇《たたず》んだ。

「構わぬ」

そう言い、源九郎は場所を空《あ》けた。

女は家主に向かい、

「芝口河岸で立て札を見て参りました。もしや、あの立て札のひとは政次《せいじ》さんではないかと？」

「人相風体は合うのかえ」

「はい」

「おまえさんは？」

「はい。私は木挽町にある『花川《はなかわ》』という料理屋で女中をしてますせつと申します。政次さんは指物師《さしものし》です。築地《つきじ》の南小田原町《みなみおだわらちょう》に住んでいます」

「政次さんというひとは、どうして行方を晦ましたのだね」

「わかりません。ただ、俺はもうだめだと言い残して、私の前から去って行きました。死にに行くような様子だったので心配で」

「わかった。すぐにほとけさんを見てもらいましょう。遺体は、近くの海雲寺《かいうんじ》に安置してあります。誰かに、案内させましょう」

「私がご案内いたしましょう」

店番の男が出て来た。

源九郎は与市の耳元で囁《ささや》いた。

「頼んだぜ」

「へい。あとでお屋敷にお伺いいたします」

与市はそう言い、店番の男とおせつといっしょに海雲寺に向かった。

その夜、源九郎が濡縁《ぬれえん》に出て庭を眺めていると、雪江《ゆきえ》がそばにやって来た。

「きれいなお月さまですこと。浪江《なみえ》でいたころと変わらぬ月なのに、とても明るく見えます」

皓々《こうこう》と照る月を、雪江は感慨深げに見ていた。

「俺も同じ心境ぞ。月がこれほど明るかったかと目を瞠《みは》る思いだ」

源九郎もしみじみと言う。

「ひとの運命とはわからぬものだ」

そう言ったあとで、源九郎は仙太郎《せんたろう》のことに思いを馳《は》せた。

「それにしても、どうして仙太郎は顔を出さぬのだ。そなたのところに何か知らせはあるのか」

「いえ、ありませぬ」

「仙太郎め。何を考えているのだ」

源九郎はいらだたしげに言った。

仙太郎は、ひところは絵師の永仙《えいせん》として頻繁に顔を出していた。だが、雪江を娶《めと》ったあと、ぷっつりここには現れなくなった。

源九郎と雪江が祝言《しゅうげん》を挙げたのは半年前、去年の十一月。水野忠邦が老中を罷免されて二カ月ほど経《た》ったころだった。

奢侈禁止令は出されたままだったが、取締りは緩《ゆる》くなり、町中に明るさが戻っていた。

祝言に出席したひとの間から不審の声が漏れた。花嫁は浪江にそっくりではないかと。

源九郎の妹浪江は、叢雲《むらくも》一味にかどわかされ、あげく舟から大川に落ちて、そのまま行方知れずになった。

死体は上がらなかったが、葬儀まで出したので、誰もが浪江の死を疑わなかった。だが、花嫁を見た一部のひとたちから不審の声が漏れた。源九郎と雪江はしらを切り通した。また、叔父の口添えもあって、みなも納得してくれたのだ。

「浪江に似ているので驚かれたであろう。私も驚いた。叔父の私から見てもそっくりだったからな。世の中には似たものがいるものよと感心した」

この叔父の言葉にみなの疑問は氷解したようだった。

なぜ、浪江を雪江という別人に仕立てあげなければならなかったのか。このことにはわけがある。

源九郎が生まれた当時、いまは医者の良安《りょうあん》に貸している屋敷内の家に、永雲《えいうん》という絵師が妻女のお沢《さわ》とふたりで住んでいた。

この永雲は、じつは木鼠小僧《きねずみこぞう》という盗人《ぬすっと》で、お沢は情婦《いろ》だった。同心の屋敷内に住んでいれば役人の動きが手にとるようにわかるということで、あえて柚木家を選んだのだ。

やがて、お沢が身ごもったのだが、ある運命的な偶然が重なった。お沢が男の子を産んだ頃に、柚木家でも男の子が誕生したのである。

しかし、お沢は産後の肥立ちが悪く、間もなく息を引き取った。死ぬ前に、お沢は永雲こと木鼠小僧にこう言ったのだ。

「心残りはこの子のこと。どうか、堅気の暮らしをさせてやってください」

木鼠小僧は、子どもを堅気にするためにどこぞの商家の前に捨てて拾ってもらおうかと考えたが、ちゃんと育ててくれるかわからない。

そんなとき、大きく運命を変える出来事があった。

八丁堀近くの本材木町《ほんざいもくちょう》から出火。火の粉《こ》が飛んできて、柚木家の女中が赤子を抱いて庭に飛び出して来た。

気が動転した女中は、永雲に赤子を預け、主人の様子を見に家の中に戻ったのだ。

このとき、木鼠小僧の永雲は柚木家の赤子と自分の子どもをすり替えたのである。

このことは誰にも気づかれることはなかった。

それから二十数年経った後、仙太郎が源九郎の前に現れたのだ。仙太郎の導きで源九郎は木鼠小僧に会った。そこで、すべてを打ち明けられた。

つまり、源九郎は木鼠小僧と情婦お沢の子であり、仙太郎こそ柚木源九郎になるべきだったのだ。

浪江は源九郎とは赤の他人であり、仙太郎と兄妹《きょうだい》になるのだ。

源九郎と浪江が好き合っていることを察した仙太郎が、ふたりのために考えついた大胆な方法が浪江を死んだことにすることだった。

こうして、世間を騙《だま》したのである。

源九郎と浪江のことが解決したことは仙太郎をほっとさせただろうが、仙太郎にはもうひとつ気がかりなことがあった。

そこに、庭にひと影が射《さ》した。噂をするそばから仙太郎かと思ったが、与市だった。

「旦那。よろしいですかえ」

「何を遠慮している」

「へえ、水入らずのところをお邪魔してしまって」

与市はそう言いながら、庭先に立った。

「与市さん、構いませぬことよ。どうぞ」

雪江はそう言い、その場から離れた。

「どうも」

恐縮したように、与市は去って行く雪江に頭を下げた。

「よし、聞こう」

改めて、源九郎は与市に声をかけた。

「旦那。やはり、ほとけは政次という男でした。ほとけを見たとき、おせつはその場にくずおれました」

「すぐに政次だとわかったのか」

「ひと目で、政次だと言いました」

「で、亡骸《むくろ》はどうするんだ？」

「政次には身寄りがないので、海雲寺にそのまま埋葬してもらうそうです」

「いずれ、おせつに会って話をきいてみよう」

「政次がなぜ、死なねばならなかったのか、その理由《わけ》が知りたい。それに、なぜ、おせつは政次が死ぬと思っていたのか、そのことが気になる。弔《とむら》いがすんで、おせつが落ち着きを取り戻したころ、会いに行く」

「まだ、何か」

「わかりやした」

与市が帰ったあと、雪江がやって来て仙太郎の話を切りだした。

「兄が何をしようとしているのか、ちょっと心配なのです。私と源九郎さまのことが片づいて、兄はもう自分には用がないと決めつけているようなのです」

「ばかな。仙太郎には、これからは俺の右腕になってもらいたいと思っているのだ。心配ない。俺が仙太郎に話す」

源九郎には気になることがあった。

去年、変化小僧《へんげこぞう》を捕まえた者に五十両を出すというお触れが出た。このことに、仙太郎は衝撃を受けていたのだ。

これまでのようには変化小僧も動けなくなる。金を受け取れば同罪、捕まえれば五十両。これでは、もう変化小僧から素直に金を受け取ろうとする者はいなくなるかもしれないな。これからは、変化小僧に対するひとびとの見方が変わるだろう……。仙太郎は、そう呟《つぶや》いていた。

以来、変化小僧は動きをやめた。

このこと自体は歓迎すべきことであった。義賊とはいえ、法を犯していることは間違いない。いつまでも続けられるものではない。歳をとれば体も衰える。必ずつまらないへまをするようになる。捕まれば、獄門だ。

だから、足を洗ういい機会だ。変化小僧をやめることは喜ぶべきことだった。だが、源九郎が気になっているのは、変化小僧をやめたあと、仙太郎は何を生きがいにしていくかということだった。

木鼠小僧の子どもとして育てられた仙太郎は、他にどんな生きる道があるのか。それればかりでなく、浪江のことも解決したのだ。仙太郎がやらねばならぬことはなくなった。

堅気になって、地道な生き方が出来るかどうか。源九郎は不安だった。

ただ、仙太郎には天魔小僧《てんまこぞう》としての役割が残されている。法で裁けない悪を、天に代わって成敗するのだ。

だが、これとて、法を犯す行為である。たとえ、相手は極悪人とはいえ、ひと殺しをしている。

この天魔小僧もやめさせたいと、源九郎は思うのだ。

「仙太郎にも妻を持たせたい」

源九郎は呟いた。

二

翌日、深川《ふかがわ》、本所《ほんじょ》、そして本郷《ほんごう》と、源九郎は幾つかある仙太郎の隠れ家を訪ねた。が、どこにもいなかった。

仙太郎は幾つかの隠れ家を借りていた。盗んだ金から家賃を出しているので、そういう贅沢《ぜいたく》も出来るのだ。もっとも、贅沢のためというより、盗みを行う足場としている。源九郎が知らない場所もあるようだ。

源九郎は最後に箕輪《みのわ》に向かった。そこは、雪江こと浪江が身を寄せていたところだ。そこで、兄と妹は一年あまりを過ごしたのだ。

江戸の空に、鯉《こい》のぼりが泳いでいる。道行くひとの顔も、一時の暗さがない。天保の改革の推進者である水野忠邦が失脚したことで、行きすぎた締めつけから解放された喜びが見てとれる。

箕輪にやって来た。仙太郎の借りている家の前に立った。格子戸《こうしど》を叩《たた》いたが、中から応答はない。

諦《あきら》めて、源九郎は引き返そうとしたとき、格子戸の下側に白いものが挟まっているのに気づいた。

源九郎はしゃがんで手を伸ばした。四つに畳んだ紙切れだった。

堀江町《ほりえちょう》四丁目、親父橋袂《おやじばしたもと》の一軒家。そう認《したた》めてあった。仙太郎の字だ。

来た道を辿《たど》り、上野山下《うえのやました》から下谷広小路《したやひろこうじ》を過ぎて神田川を渡った。

源九郎はそのまままっすぐ大通りを日本橋に向かい、途中、本町《ほんちょう》通りに曲がり、東堀留川《ほりどめがわ》沿いを親父橋までやって来た。

橋の袂にある一軒家は、すぐわかった。

源九郎はその家に向かった。

ちょうど格子戸が開いて、老婆が出て来た。買い物に行くのか。

「ここは仙太郎の家か」

源九郎は老婆に訊《たず》ねた。

「はい。さようでございます」

「いま、いるのか」

「はい。旦那さまが何か」

老婆は怯《おび》えたように言う。

「心配するな。仙太郎とは知り合いだ」

「そうでございますか。では、すぐに起こしてまいります」

「なに、まだ寝ているのか」

「はい。ゆうべもお帰りがおそうございましたから。でも、そろそろ、起きるころですので」

老婆は家に引っ込んだ。

しばらくして、仙太郎が現れた。

「来たか。上がれ」

仙太郎が寝起きの顔で言う。

「では、旦那さま。私は買い物に行って参ります」

「ああ、行っておいで」

仙太郎は老婆を送り出した。

居間で向かい合った。

「久しぶりだな」

仙太郎がはにかんだように言う。

「どうして、顔を出さないんだ？」

源九郎は咎《とが》めるように言った。

「いろいろ、忙しくてな」

「いままでの隠れ家はどうしたのだ？」

「ほとんど片付けた。いまはここにいる」

「さっきの婆さんは住み込みか」

「うむ。身寄りのないひとだ。じつは、物貰《ものもら》い同然の暮らしをしていたので、雇った」

「そうか」

仙太郎は困っているひとを黙って見過ごしに出来ない性分なのだ。それが義賊変化小僧の誕生となったのであろう。

「いま、何をしているのだ？」

「いろいろだ」

「いろいろじゃ、わからぬ」

「まあ、今後、何か商売をはじめるために、いろいろ動き回っている」

「そうか。商売をはじめるか。何をするか決まったのか」

源九郎は安心してきいた。

「いや。まだ、何が自分に向いているか探っているところだ」

「まっとうになってくれるなら何も言うことはない」

「変化小僧の役割は終わったからな」

仙太郎は寂しそうな目をした。

「まだ、変化小僧に未練があるのか」

「いや。いまの世の中では、もう変化小僧の出番はない。もう、おしまいだ」

「それを聞いて安心した」

「源九郎」

仙太郎は口調を改めた。

「じつは、本庄茂平次《ほんじょうもへいじ》を探しているのだ」

「茂平次を？」

「なんとか、ふたりの力になってやりたくてな」

ふたりとは熊倉伝十郎《くまくらでんじゅうろう》と小松典膳《こまつてんぜん》である。

いまから五年半ほど前の天保九年（一八三八）十二月、茂平次は剣術の師井上伝兵衛《いのうえでんべえ》を闇討ちにした。井上伝兵衛の弟熊倉伝之丞《でんのじょう》は兄の敵《かたき》として茂平次に疑いを向けていたが、伝之丞もまた茂平次によって殺された。

現在、熊倉伝之丞の息子の伝十郎と井上伝兵衛の門人であった十津川《とつがわ》浪人小松典膳のふたりが茂平次を追っている。

伝十郎は伊予《いよ》松山藩を出て敵討ちの旅に出た。見事敵討ちに成功すれば、伝十郎は帰参が叶《かな》うが、敵を討ち果たせなければ、このまま浪々の身を無為に過ごしながら歳をとっていくことになる。

「典膳どのも伝十郎どのも、最近はだいぶ疲れているようだ。伝十郎どのは気落ちしており、頰もげっそりしている。無理もない」

仙太郎は痛ましげに言う。

「俺も茂平次の居場所の手掛かりを探しているのだが、お奉行の後ろに隠れてなかなか姿を現さない」

茂平次は鳥居甲斐守の家来であり、甲斐守が茂平次を逃がしているものと思われた。そもそも、茂平次が井上伝兵衛を殺したのは、鳥居甲斐守の命令によるものだったのかもしれない。

「水野忠邦が罷免されれば、当然鳥居甲斐守も御役御免になると思ったのだが……」

仙太郎が無念そうに言う。

「あのお方は、最後は水野さまを裏切ったようだ。自分は助かろうと、水野さまを糾弾する側にまわったのだ」

源九郎はいまいましげに応じた。

「鳥居甲斐守の屋敷に匿《かくま》われているのではないかと忍び込んでみたが、茂平次がいる様子はなかった」

「鳥居の屋敷に忍び込んだのか」

「ああ、何回もな」

「では、きのうも?」

「うむ。だが、いなかった。茂平次は江戸にいないのかもしれない」

仙太郎は脣《くちびる》をぐっと嚙んだ。

「長崎か。あるいは他の地か」

源九郎は茂平次の行方に思いを馳せた。もともと、茂平次は長崎の地役人だったのだ。

「江戸を離れているとなると、探すのは難しい。いっそ、長崎に行くのも手だが」

仙太郎は、熊倉伝十郎と小松典膳にだいぶ同情を寄せているようだ。

「だが、鳥居甲斐守がまだ無事なのだ。鳥居の命令で動いているはずだ。だとすれば、江戸に必ず戻る」

源九郎は、そう信じた。

格子戸が開く音がした。

「帰って来たようだな」

住み込みの老婆が買い物から帰って来た。もう、深刻な話は出来ない。源九郎は立ち上がった。

「仙太郎。たまには顔を出せ。雪江も心配していた」

「わかった。雪江に元気でやっているから心配するなと伝えてくれ」

仙太郎に見送られて、源九郎は外に出た。


その日の夕方、源九郎は築地の南小田原町に行った。そこの翫右衛門店《がんえもんだな》に政次が住んでいたのだ。

まず、大家のところに寄った。

土間に入って呼びかけると、羽織姿の男が出てきた。

「これは八丁堀の旦那で」

大家は改まり、

「帰って来たばかりなので」

と、大家は腰を折る。

「政次の弔いか」

「はい。深川に行って参りました。あの、政次のことで?」

「うむ。少し、教えて欲しい」

「どうぞ、ここではなんですから」

「いや。ここでよい」

そう言い、源九郎は上がり框《かまち》に腰を下ろした。

「そうでございますか」

大家も腰を下ろす。

「政次は独り者か」

「はい。指物師の大蔵《だいぞう》親方のところに通っていたんです。腕はいいんですが、ちと手慰《てなぐさ》みが……。それで、親方のところをしくじってしまい、口入れ屋で仕事を探して、なんとか糊口《ここう》をしのいでいるようでした。もっとも、おせつさんがかなり融通していたようでしたが」

「おせつとはいい仲だったんだな」

「いつか所帯を持つんだと言ってましたが、どうも……」

「どうした？」

「へえ。政次は二十二歳。おせつさんは二つ年上なんですよ。それに、料理屋で働いている女ですし、果たして職人のかみさんにふさわしいものか」

大家は小首を傾《かし》げた。

「政次はどうだったんだ？」

「もう、夢中です。女のほうも逆上《のぼ》せていたみたいです」

「お互いが好き合っているならいいではないか。だが、そんな女がいながら、どうして失踪《しっそう》なんかしたんだ？」

源九郎は疑問を口にした。

「博打《ばくち》だと思います」

「大負けしたのか」

「そうではないでしょうか。目つきのよくない連中が血相を変えて探していましたから。毎日のようにここに来ては、政次が帰ってないか確かめていました」

「誰だえ、その連中っていうのは？」

「源蔵《げんぞう》っていうならず者です」

「どんな男だ？」

「二十五、六歳ぐらいで、きつね顔のやせた男です。なんとなく不気味な感じでした」

「政次が姿を晦《くら》ましたのはいつだ？」

「十日ほど前です」

「その間、源蔵は毎日来ていたのだな」

「はい」

「おせつのところにも顔を出していたんだろうな」

「そうだと思います」

「政次が死ぬと思ったかえ」

「いいえ。おせつさんを残して死ぬなんて思ってもいませんでした。手慰みさえやめたら、親方に詫びを入れてやるからもう一度やり直せと言ったら、泣きながら必ず博打と手を切ると約束してくれたんです。それなのに、ばかな真似しやがって」

大家は悔しそうに言った。

「博打と手を切る？　そう約束したのか」

「はい。約束しました」

「それはいつのことだ？」

「ひと月ほど前になります」

「それなのに、また博打に手を出したのか」

「そうだと思います。大馬鹿やろうですよ」

「そうか。博打と縁が切れなかったのか」

政次は優柔不断な男だったのか。博打から足を洗おうと思ったのは本気だったのかもしれない。だが、弱い性格のため、誘惑にすぐ負けてしまったのだろう。

「弔いには、この長屋からも何人か行ったのか」

「私の他にふたりばかり」

「仕切ったのはおせつか」

「はい。気丈な女子《おなご》でございます。ほとけを見たら、水の中に何日も浸《つ》かっていたので、だいぶ面変《おもが》わりしていましたが、髷《まげ》もきれいになっておりました。おせつさんがやったそうです。髭《ひげ》までは剃《そ》らなかったようですが」

「おせつは、芝口河岸の立て札を毎日のように見ていた。おせつは、政次が死ぬかもしれないとわかっていたのだろうか」

「政次の気弱さをよく知っているのはおせつさんでしょうから、そう思ったのかもしれませんね。お弔いのとき、政次さんがひと知れずに死んで行くようなことがあつたら可哀そうだから、立て札を見に行ったのだと話していました。

「なるほど」

と答えたものの、源九郎にはどうしても政次が死なねばならなかった理由に、い

まひとつ納得出来なかった。

博打で大負けをしたというが、いったいいくら負けたのか。それを払えないから死ぬという考えに至ったとしても、政次にはおせつという女がいたのだ。おせつを残して、死んで行けるのか。

源九郎は南小田原町から木挽町に向かい、『花川』という料理屋の門をくぐった。

無人の玄関に立ち、呼びかける。

すぐ女将《おかみ》らしい風格の女が出て来た。

「邪魔する。ちと訊ねたいことがある」

八丁堀同心《と》が現れたことで、女将の顔つきに身構えるようなものが窺えた。相手の警戒を解くように、

「おせつという女中がおるな」

と、源九郎は訊ねた。

「はい。おせつが何か」

女将は不安そうにきく。

「きょうは休んでいるのだな」

「いえ、少し遅れてでも出て来ると申しておりました」

「政次という男を知っているか」

「はい、おせつのいいひとですから。きょうは政次さんの葬式で深川まで行っているようでございます」

「ふたりは好き合っていたんだな」

「はい」

「政次は、なぜおせつを残して死を選んだのか、その理由《わけ》に心当たりはないか」

「いえ、私にもさっぱりわかりません」

「おせつは政次が死ぬかもしれないとわかっていたようだ。なぜ、わかっていたのだろうか」

「政次さんが姿を消す前に、おせつに永《なが》の別れを告げたそうです。それで、おせつは不吉な予感がしていたんじゃないかと」

「政次をそこまで追い込んだのは何なのか」

「さあ」

女将は首を傾げた。

「政次が姿を消す前後、政次やおせつの周辺で何か変わったことはなかったか。どんな些細《ささい》なことでもよい」

「ひとつだけありました」

女将があっさり言った。

「それは？」

「おせつに言い寄っていた『大黒屋《だいこくや》』の若旦那が西本願寺の堀に落っこちて死んでしまったんです」

「『大黒屋』というのは？」

「はい。南紺屋町《みなみこんやちょう》にある足袋《たび》問屋です。そこの春之助《はるのすけ》という若旦那がおせつにしつこくせまっていたのです」

「嫁にしたいというのか」

「嫁にするなんてことは考えていないんですよ。何しろ、すぐ女に惚《ほ》れて言い寄り、あげく厭《あ》きれば紙屑《かみくず》のように捨てる。そんな男でした。おせつは毛嫌いしていましたけど、客ですし、無下《むげ》に出来ずに悩んでいました」

春之助の死は、当然奉行所で検死をし、怪しいところがないか調べたはずだ。殺しの疑いがあれば、源九郎の耳にも入るはずだ。殺しではないという結論になったのだろう。

だが、政次が姿を晦ました時期と重なる。

「源蔵という男を知っているか」

「春之助さんの取り巻き連中のひとりです」

「取り巻きか」

大家は博打の負け金の取り立てのようなことを言っていたが、春之助の取り巻きだとしたら、事情が違って来る。

「はい。春之助さんはいつも取り巻きを連れて、お店に来ていました」

相当な道楽息子のようだ。

ひょっとして……。

「春之助はいつも取り巻きを連れているのに、堀に落ちた夜はどうしてひとりだったのだろうな」

「そう言われれば、そうですね。取り巻きはどうしていたのでしょうか」

女将もいま気づいたというように小首を傾げた。

「源蔵はどこにいるかわかるか」

「いつも、この界隈《かいわい》をぶらついています」

女将は汚いものを見るような目つきで言った。

「あい、わかった。邪魔をした」

「おせつは、そろそろ来ると思いますが」

「明日にでも、改めて参る」

源九郎はおせつに会う前に源蔵に会ってみようと思った。

三

暮六つ（午後六時）の鐘が鳴っている。三十間堀の川面《かわも》に料理屋の提灯《ちょうちん》の明かりが映っている。

舟で料理屋に上がる客もいる。

源九郎は与市と共に木挽町に戻って来たのだ。

「旦那。向うから来る若い連中。ちょっと、当たってみましょうか」

そう言い、与市は辺りを睥睨《へいげい》するように歩いて来る三人連れに向かった。

与市が前に立つと、三人はいきなり息巻いた。

「やい。なんだ、てめえは」

真ん中の若い男が歯茎《はぐき》を剝《む》きだした。広い額が少し突き出ている。鼻が低い。

「小僧。いきがるんじゃねえ」

与市が低い声で言う。

「なんだと」

その男が腕まくりをした。二十二、三歳だろう。

「あとで、後悔するんじゃねえぜ」

「よせ」

別の若者が息巻いている男の腕を摑《つか》んだ。

「おかみの御用を預かっている者に突っかかってくるとはいい度胸だ。さあ、かかってきな」

額が突きでている男は、目を剝いて後退《あとずさ》った。

「親分。冗談ですよ」

男の声が震えている。

「冗談だと？」

源九郎が前に出ると、三人はのけぞった。

「般若《はんにゃ》同心……」

「俺を知っているのか」

「へい。旦那。勘弁してください。こいつに悪気はねえんで」

もうひとりの男がぺこぺこした。

「わかった。ところで、源蔵はいるか」

与市がきいた。

「源蔵兄貴ですかえ。あっちの呑み屋にいます」

「案内してもらおうか」

「へい」

三人は小さくなって、来た道を戻った。

紀伊国橋《きのくにばし》の袂に赤提灯が揺れていた。

「よし。ここで待っているから、源蔵を呼んで来るのだ」

「へい」

三人は呑み屋に向かった。ひとりが暖簾《のれん》をくぐった。他のふたりは戸口に立ち、
こっちをちらっと見た。

「いまの連中も、春之助の取り巻きだったのかもしれませんね」

与市が顔をしかめて言う。

「あっ、来ましたぜ」

与市が言った。

きつね顔のやせた男だ。聞いていた風体通りの男だ。

源蔵が近づいて来た。

「源蔵か」

与市が先に声をかけた。

「へい。源蔵です」

「『大黒屋』の春之助とはどういう間柄だ?」

「若旦那の用心棒代わりってとこでしょうか」

「料理屋にもいっしょに行き、小遣いももらっていた。そうだな」

「へい」

「政次を知っているな」

今度は源九郎がきいた。

「へい。知ってます」

「どうして知っているんだ?」

「おせつという女と親しい男ですんで」

「おせつとの関わりは？」

「若旦那がおせつに夢中でしたので」

「政次が姿を晦ましたあと、政次を探していたようだな。南小田原町の長屋に探しに行っている」

「へえ」

「なんで、政次を探していたんだ？」

「若旦那の敵をとるためですよ」

「政次が、春之助を殺したというのか」

「そうです。あの野郎、若旦那を殺しやがった」

源蔵は顔を紅潮させた。

「どうして、そう思うのだ？」

「あの夜、若旦那は政次に会いに行ったんです。金で、おせつのことを諦めさせるためだった。あっしたちは、あの店で若旦那が戻って来るのを待っていたんです」

「政次に会いに行ったのは間違いないんだな」

「間違いありません。帰りが遅いので迎えに行ったんです。そしたら、若旦那が堀の中で……」

「おまえが亡骸《なきがら》を見つけたのか」

「そうです」

「しかし、奉行所の検死でも誤って堀に落ちたと扱われたようだが？」

殺しだったら、検死与力が見逃すはずがない。それなのに、なぜ、殺しではないと判断をしたのか。

「ひょっとして、亡骸に何かしたな」

源九郎が問うと、源蔵は落ち着きをなくした。

「何をしたんだ？」

「な、何も……」

「隠してもだめだ。おまえは亡骸を見つけて、すぐ政次に殺されたのだとわかった。だが、おまえたちは細工したのだ。政次を自分たちの手で始末するためにだ」

「違いますぜ。俺たちは若旦那を引き上げただけです」

「ほんとうか？」

「ほんとうです」

「だが、おまえは、政次のことを役人には言わなかったな。ひょっとして、政次の仕業《しわざ》を思わすようなものが落ちていたのを、おまえは始末したのではないか」

「………」

源蔵は言葉を失っている。

「どうやら、図星らしいな」

「あっしは別に……」

明らかに、源蔵は動揺していた。

「まあ、いい。いまさら、そんなことを問い詰めても仕方ない。ともかく、おまえは政次の仕業だと思い、仕返しをしようとした。そうだな」

「へい。そうしねえと、大旦那に顔向け出来ないんですよ」

「『大黒屋』の大旦那から頼まれていたのか」

「へえ」

「だが、政次は逃げたあとだったんだな」

「そうです。長屋にも帰って来ませんでした。おせつを問い詰めても、知らないの一点張り。あっしたちは、政次を探しまわりましたが見つかりません。おせつをずっと張っていましたが、政次と会っている様子はありませんでした。そのうち、おせつは途中で、お店を抜け出して芝口河岸に行き、立て札を見るようになっていたんです」

「おせつは、政次が死ぬかもしれないと思っていたのか」

「そうだと思います」

「政次は大川に飛び込んだようだ」

「逃げられねえと思ったんでしょう。どっちみち、奴には死しか待ってはいなかったってことです」

源蔵は嘲笑《ちょうしょう》するように口許《くちもと》を歪《ゆが》めた。

「だが、これで仕返しは出来なくなったな」

「まあ」

源蔵は曖昧《あいまい》に答えた。

「これから、おせつのことはどうするんだ?」

「若旦那がいないんじゃ、どうしようもありませんぜ」

「おせつに手を出すことはないんだな」

「へい」

「よし。わかった。もう、いいぜ」

「へい」

逃げるように、源蔵は呑み屋に戻って行った。

「まさか、政次がひとを殺していたとは驚きですぜ」

与市が顔をしかめて言う。

「それにしても、いくら手を加えたとはいえ、殺しを見抜けなかったのは検死役としちゃいかがなもんですかねえ」

与市は検死与力を批判した。

「確かに、お粗末だ。だが、いまさら、そのことを問いただしても無駄だ。政次は死んでいるのだからな」

「おせつも、政次が殺《や》ったということを知っていたんですね」

「そうだろう。だから、政次が死ぬかもしれないと思っても、ひとにはそのことを相談出来なかったのだろう」

「そうなると、政次もおせつも可哀そうなことになりますね」

与市がしみじみと言う。

翌日の午後、源九郎は再び、『花川』に赴き、おせつに会った。

ちょうど客の少ない時間帯で、おせつはすぐに外に出て来た。

堀端の柳の木の横で、源九郎はおせつに訊ねた。

「そなたが、毎日のように芝口河岸の立て札を見に行っていたのは、政次が命を絶つと思っていたからだそうだが、なぜ、政次が死ぬかもしれないと考えたのだ?」

「はい。それは……」

おせつは言いよどんだが、やがて顔を上げ、

「正直に申し上げます」

と、きっぱりとした口調で言った。

「姿を晦ました日の夜、政次さんはお店にやって来たのです。お客さままで立て込んでいたのですが、私は抜け出して会いました。そしたら、春之助を殺した。俺はもうだめだ。いいひとを見つけて仕合わせになれと言って、政次さんは逃げるように去って行ったのです。私は驚いて……」

おせつは胸に手を当てて続けた。

「それから、春之助さんの亡骸が見つかって大騒ぎになりました。源蔵たちがお店に押しかけて、政次さんの行方を問い詰めました。政次さんを生かしてはおけないと息巻いていました」

「奉行所に相談する気はなかったのか」

「捕まれば死罪になるかもしれないのです。誰にも相談することは出来ませんでした。毎晩、いまごろはどこかでひと知れずに死んでいるのではないかと思い、もしそうだったら、せめて私の手で供養してやりたいと……」

「それで、毎日、芝口河岸の立て札を見に行っていたのか」

「はい」

政次の生死に関して、おせつがあまりに冷静に対処していることを、源九郎は不思議に思った。

政次がほんとうに死ぬかどうかわからない。政次はどこかへ逃げて行ったかもしれない。なのに、おせつは政次が死ぬものと決めつけていたようだ。

「すみません。そろそろ、戻らないと」

おせつが店を気にした。

「わかった。ごくろうだった」

「はい」

おせつは辞儀をして、店に向かった。

源九郎はなんとなく釈然としなかった。太陽がだいぶ斜めに傾いていた。

四

その夜、仙太郎は深川の佃町《つくだちょう》にやって来た。

水野忠邦が失脚したあと、おおっぴらではないが遊女屋も再開している。佃町辺りは、場末の遊女屋が多い。

熊倉伝十郎のあとをこっそりつけ、佃町までやって来た。伝十郎は女と遊ぶことで、憂《う》さを晴らしているのであろう。

もともと、伝十郎は酒も女もやらない、変に生真面目《きまじめ》なところのある若者だったと聞いている。だが、敵を討つために、伊予松山藩を出てから五年半。なかなか目指す敵の本庄茂平次に巡り合えず、だんだん焦《あせ》りと不安が生活をすさんだものにしていったようだ。

一刻（二時間）近く待った。ようやく、伝十郎が出て来た。暗がりから、仙太郎は伝十郎の顔を見た。

冴えない顔つきだ。女と遊んでも、心は晴れないのだと、仙太郎は痛ましい思いで、伝十郎を見た。

翌日の夜、仙太郎は神谷町《かみやちょう》にある長屋に小松典膳を訪ね、料理屋の小座敷で向かい合った。

「鳥居の屋敷にも茂平次はいない。やはり、江戸にいないようです」

仙太郎は猪口《ちょこ》を置いて言う。

「江戸を離れたとなると、探すのは難しい」

小松典膳は疲れのたまった顔をしかめた。

「いや。水野忠邦が失脚しても鳥居はまだ居すわっている。茂平次は鳥居の家来だから、勝手にどこかへ行くはずはない。鳥居の命《めい》によってどこかにいる。鳥居を見張っていれば、必ず居場所はわかります」

仙太郎はなぐさめた。

「それより、伝十郎どのは少し荒れているようですね」

仙太郎は口にした。

「忠邦が失脚したときは、これで運が向いてきたと喜び、また闘志が戻って来たのですが、鳥居甲斐守が安泰だと知ってからまた気落ちしている」

「相変わらず岡場所に出入りをしています」

「無理もない。二十四、五歳の頃から敵討ちの旅に出て六年ばかり。この先の当てもないとなると、だんだん自暴自棄になって来る気持ちがわかる。痛ましい限りだ」

小松典膳は溜め息をついた。

「まだ、望みがなくなったわけではありませぬ。どうか、伝十郎どのを励ましてあげてください」

「なにか、気概を持てればよいのだが」

仙太郎はふと思いついたことを口にした。

「もし、茂平次を見つけ出せなかったら、代わりに鳥居甲斐守を討ってはいかがですか」

「鳥居を？」

「そうです。もともと、井上伝兵衛どのを茂平次が闇討ちにしたのも、鳥居の差し金だった節があるのではないですか。それに、茂平次を匿っているのは鳥居です。もし、茂平次を討てなければ鳥居を討つのです。確かに、鳥居を討ったとしても敵討ちとはみなされず、帰参は叶わないかもしれません。でも、このままさんだ暮らしを続けて行くよりは、鳥居を討つという気概を持ったほうが張り合いが出るのではありませんか」

仙太郎の説得に、小松典膳は目を輝かせた。

「仙太郎どのの申すとおりだ。鳥居こそ、諸悪の根源だ。茂平次に巡り合えなければ鳥居を殺るべきだ。このこと、伝十郎どのにも伝えておこう」

「よろしくお願いいたします」

手酌で、酒を注《つ》いでから、

「それにしても、仙太郎どのはどうして我らにそこまで肩入れをしてくれるのだ？」

と小松典膳がきいた。

「わかりません。ただ、おふたりの力になりたいという思いだけです。また、本庄茂平次を許してはならないという正義感からでもありましょうか」

「いずれにしろ、かたじけなく思っている。このとおりだ」

「おやめくださいな。こっちが、好きで勝手にしていること。ともかく、鳥居甲斐守に食らいついていれば茂平次の消息もいつか摑めましょう」

小松典膳はもともと浪人暮らしが長く、歳も伝十郎より十歳以上も上なので、自分を見失う恐れは少ないと思うが、それでもときにはこうやって励まさなければだめだと、仙太郎は思っている。

それから、しばらく酒を酌み交わしてから、ふたりは料理屋を出た。

小松典膳と別れ、増上寺の脇を通って、仙太郎は宇田川町《うだがわちょう》に出た。そして、日本橋方向に足を向けた。

堀江町四丁目の家まで半刻（一時間）ほどである。品川宿へでも遊びに行くのか若い職人体《てい》の男がふたり、卑猥《ひわい》な話をしながらすれ違った。

露月町《ろうげつちょう》に差しかかったとき、悲鳴が聞こえた。若い女の声だ。仙太郎は声が上がったほうに駆けた。

武家屋敷の近くの暗がりで、数人の男が若い女を取り囲んでいた。

仙太郎は近づいた。

「何をしているんだ？」

男たちがびくっとして振り返った。獰猛《どうもう》な顔をした連中だった。この界隈の地回りか。

「なんでえ、てめえは。引っ込んでな」

図体《ずうたい》のでかい男が威嚇《いかく》するように腕をまくった。毛深い腕だ。

「その娘さんを放してやったら、引き上げよう」

仙太郎はさらに男たちに近づいた。

「この野郎」

いきなりでかい拳《こぶし》が飛んで来た。

仙太郎はひょいとかわし、伸びて来た太い腕を摑み、腰を落として投げ飛ばした。

はずみがついていた男の体は一回転し、地響きを立てて背中から落ちた。

「てめえ、容赦《ようしゃ》しねえぜ」

仲間がいっせいに匕首《あいくち》を抜いた。

「ばかな真似はやめな。怪我をしてはつまらんぞ」

仙太郎は落ち着いた口調で言うと、相手は一瞬尻込みをした。

だが、横から背の高い男が匕首を右腰の位置に構え、突進して来た。仙太郎は身を翻《ひるがえ》し、匕首をよけた。と、次の瞬間、匕首を握った手首を摑んでひねった。

男は悲鳴を上げて、匕首を落とした。

仙太郎は匕首を拾い、

「いいかえ、匕首ってのはこのように扱うんだ」

と言うや、相手の喉元に突き付けた。

げっという悲鳴が上がった。切っ先は喉元で止まった。男はがたがた震えている。

「さあ、これを持って引き上げな」

仙太郎は男に、匕首を渡した。

男は震える手で受け取った。

「おい、まだ、やるのか。今度は遠慮しねえぜ」

仙太郎が脅すと、ならず者たちはいっせいに逃げ出した。

少し離れた場所で、若い女が立ちすくんでいた。

「もう、だいじょうぶだ。どこへ帰るのかわからねえが、気をつけて帰るんだぜ」

声をかけてから、仙太郎は踵《きびす》を返した。

「待ってください」

女が駆け寄って来た。

「ありがとうございました」

「別に、気にすることはねえ」

女は二十歳より前だ。十七、八歳だろうか。丸顔でほっぺたが赤い。江戸の者ではないようだ。

「この近くに住んでいるのか」

「いえ、日本橋久松町《ひさまつちょう》の『金杉屋《かなすぎや》』という下駄屋に住み込んでいます。親が知り合いなので」

「久松町からここまで何しに来たのだえ」

女の足では半刻（一時間）以上はかかるだろう。

「兄ちゃんを探しに」

「兄ちゃん？　まあ、いろいろ事情があるんだろう。よかったら、送ろう。俺もそっちのほうに帰るから」

「ありがとうございます。助かります。私は光《みつ》と申します」

「お光さんか。俺は仙太郎だ。じゃあ、行くか」

「はい」

仙太郎はお光とともに再び日本橋方向を目指した。

「国はどこだえ」

仙太郎はきいた。

「八王子《はちおうじ》です」

「兄さんが芝にいると思って来たのか」

「はい。盛り場に行けば、会えるんじゃないかと思ったんです」

「兄さんはいつ江戸に？」

「ひと月前です。好きなひとが吉原《よしわら》に身売りをしちゃったんです。兄ちゃんはたぶん、おたまさんに会いに行ったんだと思います」

「じゃあ、吉原も探したのか」

「はい。でも、見つかりませんでした」

「兄さんの名は？」

「富松《とみまつ》です」

「富松か。覚えておこう。どこかで、ばったり会うかもしれないからな」

「すみません」

若いだけあって、お光の足の運びは早く、仙太郎に遅れることなくついて来る。

京橋を過ぎ、日本橋を渡ると、魚河岸のほうに曲がった。

「旦那も心配しているだろう」

「はい」

「これからは、ひとりで盛り場なんかに行ってはだめだ。どんな悪い奴がいるかもしれねえからな」

「はい」

照降《てりふり》横丁を過ぎると親父橋に差しかかる。

「俺の住まいはそこだ」

立ち止まって、仙太郎はお光に教えた。

「もし、何か困ったことがあったら、いつでも来るといい。俺と住み込みの婆さんしかいない。遠慮するな」

「はい。きょうはありがとうございました」

「いや。久松町まで送って行こう。こんな時間に若い女のひとり歩きは危ない」

「すみません」

お光は申し訳なさそうに言う。

「さあ、行こう」

仙太郎はお光を急《せ》かして親父橋を渡った。

葭町《よしちょう》から浜町堀に出て小橋を渡って久松町にやって来た。

「ここまで来ればだいじょうぶだろう。これからは無茶してはだめだ。いいな」

「はい」

「じゃあな」

仙太郎は踵を返した。

小橋の袂で振り返ると、お光がまだ見送っていた。お光が丁寧に腰を折った。そのいじらしさに、仙太郎は覚えず笑みをもらした。

五

五月半ばを過ぎた。

ようやく、梅雨《つゆ》明けを思わすように太陽が輝き、いっきに夏がやって来たようだった。

源九郎はときおり、扇子で扇《あお》ぎながら、各町の自身番をまわっていた。

本町通りを歩いていると、向うから北町定町廻り同心の小月忠吾《おづきちゆうご》と岡っ引きの天神下《てんじんした》の吉兵衛《きちべえ》がやって来るのに出会った。

「ごくろう」

源九郎は忠吾に声をかけて行きすぎようとすると、

「柚木どの」

と、忠吾が呼び止めた。

忠吾は幼少の頃よりあらゆる書物を読み、また有能な同心だった父親の血を引いており、数々の難事件を解決に導いている。南の源九郎か北の忠吾かと言われるほどであった。

「何か」

源九郎は立ち止まった。

「妙だとは思いませんか」

「出し抜けに、なんだ？」

「すみません。変化小僧ですよ」

「変化小僧がどうかしたのか」

「この半年以上、変化小僧が現れた形跡がないんです」

そう言ったのは天神下の吉兵衛だった。

この吉兵衛も以前は喧嘩《けんか》、かっぱらい、美人局《つつもたせ》とさんざん悪い事をしてきた男である。忠吾の父親に手札をもらい、岡っ引きになったのだ。それが今では、天神下の親分として町の衆から慕われるようになった。

忠吾が同心の代を継ぎ、定町廻りになってから、吉兵衛は今度は忠吾から手札をもらっている。

「そういえば、そうだな」

源九郎はとぼけた。

「何かご存じではありませんか」

忠吾がきいた。

「変化小僧が現れなくなった理由か。俺が知るわけないだろう」

「ほんとうですか」

「忠吾。おぬし、何を勘繰《かんぐ》っているのだ」

源九郎は言い返す。

「変化小僧については、そなたのほうが詳しいのではないか」

変化小僧を捕まえる。それは小月忠吾にとって執念のようなものになっている。

変化小僧が出没したのは十年ぐらい前からのことで、それより前は小月忠吾の父親が現役の同心として変化小僧の父親である木鼠小僧を追っていたのだ。

忠吾は親子二代にわたり、変化小僧と闘っているのだ。

忠吾は義賊など認めていない。

金を恵んでもらったら、仕事をしなくなる。怠け癖がついてだめになる。

変化小僧は金を盗んだだけでなく、結果的にひとを堕落させているのだというのが、忠吾の考え方である。だが、助かった者もたくさんいるのだ。

「私の勘ですが、柚木どのと変化小僧はどこかで繋《つな》がっているように思えるのです」

忠吾の鋭い勘は定評がある。

「忠吾。勘で、そんなことを決めつけられては困るぞ」

源九郎は苦笑し、

「先を急ぐでな」

と、言って歩きはじめた。

「待ってください」

「なんだ、まだ何かあるのか。変化小僧が現れないなら、それはそれで結構なことではないか」

「いえ、そのことではなくて」

忠吾が言いよどんだ。

「なんだ、はっきり言え」

「その……」

「なんだ？」

「最近、妙なことが続くと思いませんか」

「いきなり何を言い出すのだ？」

「芝居小屋の倒壊といい、江戸城の火事といい」

忠吾は真顔で言う。

五月五日に、両国広小路の芝居小屋が倒壊し、多くの死傷者が出た。源九郎もかけつけたが、痛ましい事故だった。丸太を縛ってある縄が切れたのだ。しらべたが、刃物で切ったのでなく、自然に切れたようだった。梅雨時で雨に打たれてもろくなっていたのか。

小屋主の責任は免《まぬが》れない。おそらく、遠島は間違いないだろう。

そんな事故があってから五日後の早暁、江戸城平川御門内から出火。江戸城本丸が消失するという火事が起こった。

再建のための御用金が江戸の商人に八万五千両割り当てられたのだ。

町廻りをして、その不満をよく耳にした。天保の改革で商売を縮小せざるを得なかった商家では、かなりの負担になった。

窮乏する旗本・御家人《ごけにん》たちに金を出させるわけにはいかず、どうしてもしわ寄せを受けるのは江戸の商人たちだ。

「火事など、珍しいことではあるまい。江戸城とて、何年か前にも西丸が焼けている」

源九郎は呆《あき》れたように言う。

「そうですが、変化小僧が現れなくなったことといい、それから」

なんだか、忠吾は歯切れが悪い。

芝居小屋の倒壊や江戸城の火事と変化小僧の件をいっしょにするのは無茶だ。忠吾らしくない。

「忠吾。はっきり言え。何が言いたいのだ？」

「雪江どののことです」

源九郎ははっとした。何か、いやな予感がした。

「雪江がどうかしたのか」

「母が妙なことを申しておりました」

「また、妙なことか」

「はい。雪江どのは浪江どのではないかと」

「なに」

源九郎は覚えず大声を出した。落ち着け、と自分に言い聞かせる。

「お母上は、何を仰《おつしや》っているのか」

源九郎はわざと苦笑してみせた。

「じつは、私もそんな気がしておりました」

「忠吾まで、そんなことを言うのか。確かに、よく似ている。それだけのことだ」

「そうでしょうか」

忠吾は疑わしい目を向けた。

「そうだ。くだらんことを考えず、もっと他のことに目を向けろ」

狼狽《ろうばい》を隠して、源九郎は突き放すように言い、すぐに忠吾に背を向けた。

「また、何か思いがけぬことが起きるような予感がしてなりませぬ」

忠吾が背後から言った。

雪江のことを指しているのか否か。源九郎にはなんとなく不気味だった。


その夜、久しぶりに仙太郎が屋敷にやって来た。かつては絵師の永仙として庭から訪ねて来たが、いまは雪江の兄仙太郎として玄関からやって来る。

「やはり、以前とは様子が違う。明るくなった」

仙太郎は部屋を見回して言う。

「雪江が来るまでの一年あまりは味気なかった」

源九郎は素直に言う。

雪江が酒肴《しゅこう》を運んで来た。

「兄上はいつもどうなさっているのですか」

雪江がきく。

「何をだ？」

「煮焚きとか、身の回りのことなどです」

「住み込みの婆さんがいるから心配ない」

「雪江が言いたいのは、早く嫁をもらえということだ」

源九郎は雪江の酌を受けながら言う。

所帯を持てば、仙太郎も本気で堅気になろうとするだろう。このままでは、行く末が心配だった。

「俺は女房は持たないと決めたんだ」

仙太郎は真顔で言う。

「なぜですの？」

雪江が不思議そうにきく。

「仙太郎は女にもて過ぎるのだ」

仙太郎は女に化けるときは絶世の美人になるが、素顔は苦み走った顔つきで男らしい。女が放っておかない。

「いつまでも遊んでいるわけにはいきませんことよ。だって、だんだん歳をとっていきますもの」

雪江が諭《さと》すように言う。

「そうだ、雪江の言うとおりだ」

仙太郎が所帯を持たないと決めた理由に気づいていたが、源九郎は雪江の前なので口にはしなかった。

「ふたりから責められるとは思わなかった」

仙太郎は苦笑した。

「ちょっと失礼します」

雪江が座を立ち、部屋から出て行ったのを確かめてから、

「そなたが嫁をもらおうとしないのは、変化小僧を続けて行くつもりだったからではないのか。しかし、もはや変化小僧の役割は終わったのだ。今後の身の振り方を考え……」

雪江が戻って来たので、源九郎は口をつぐんだ。

「兄上。今宵《こよい》は泊まっていきませぬか」

雪江が勧めた。

「そうだ。そうしろ」

「いや。住み込みの婆さんが待っている。いずれ、泊めてもらう」

「そうか」

源九郎はがっかりした。

「雪江。どうだ、近所の目は？」

仙太郎がきいた。

「ええ」

雪江の顔つきが曇った。

「何かあったのか」

「じつは、小月さまのお母上が、私のことを浪江さんと呼んだんです」

「ほんとうか」

仙太郎は猪口を置いて、雪江に顔を向けた。

「昼間、小月忠吾に会ったときも、そのようなことを言っていたな」

源九郎は渋い顔で言う。

「似ていたから、つい口に出ただけではないのか。髪形も変わり、お歯黒もつけている。似ていると思っても、本気で浪江だと思ったわけではないはずだ」

仙太郎が心配を打ち消すように言う。

「どんな話をしたのだ？」

まさか、浪江しか知らないはずの話を持ち出して、ためしたのではないか。あの母親ならやりかねない。

「いえ、ご挨拶程度です」

「あの母親は浪江を気に入っていた。浪江と話し合ったことをいきなり持ち出して、ためそうとするかもしれない。受け答えには気をつけたほうがよい」

「はい」

再び、雪江が部屋を出て行ってから、

「熊倉伝十郎どのはだいぶ疲れているようだ」

と、仙太郎が言った。

「そうだろうな。越前守《えちぜんのかみ》が失脚したとき、何か変わりがあるかもしれないと期待したぶんだけ、気落ちの度合いが大きかったのかもしれない」

源九郎は伝十郎に同情した。

「場末の遊女屋に通っている。捨て鉢になっている感じだ」

「うむ」

源九郎は唸《うな》った。

「小松どのは、まだ気を張っておられるが、それでも疲れは隠せない。伝十郎どのはもう限界に近いのかもしれない」

「そうか」

「そこでだ。目標を与えなければだめだと思い、茂平次が見つからない場合には鳥居甲斐守を襲うことにした」

「ばかな。それでは敵討ちではなく、単なる暗殺になってしまう」

「いや、目標を持たせなければふたりともくじけてしまう。気持ちを保つためにも、鳥居甲斐守を討つという目標が必要なのだ」

「帰参が叶わなくともいいのか」

「あくまでも気力を保つためだ。茂平次を討つことが第一であることに変わりはない」

やむを得ないかもしれないと思った。

このままでは、仙太郎の言うように、まず伝十郎が先にだめになっていくだろう。

「わかった」

源九郎は苦渋に満ちた顔で答えた。

それから四半刻（三十分）経ってから、仙太郎は帰る素振りを見せた。

「まだ、いいではないか。堀江町は近い」

仙太郎の住まいがある堀江町まで僅《わず》かな距離だ。

「いや。ふたりの邪魔をしてもわるいからな」

そう言って、仙太郎は立ち上がった。

源九郎は門の外まで見送った。

「早く戻ってやれ。雪江が待っている」

そう言い、仙太郎は暗い道を足早に去って行った。その後ろ姿が見えなくなるまで、源九郎は見送った。

六

八丁堀から日本橋川にかかる江戸橋を渡って、仙太郎は親父橋の手前にある家に帰って来た。

源九郎と雪江はうまくやっているようだ。雪江も仕合わせそうな顔つきをしていた。ただ、小月忠吾の母親が浪江ではないかと疑いを持ったという。浪江のことを気に入っていたらしいから、雪江が浪江であるという確かな証を見つけたのかもしれない。だが、決定的なものではないはずだ。

もし、忠吾の母親が見抜いているなら、当然叔父夫婦とて気づいているはずだ。それがないのだから……。

まさか、と仙太郎ははっとした。

だが、そのとき、仙太郎はこっちに向かって来るひと影に気づいた。女だ。暗がりから現れたのは女だった。

「お光さんじゃないか」

驚いて、仙太郎は駆け寄った。

「どうしたんだね、こんな時間に?」

お光は胸に風呂敷包を抱えていた。

泣きだしそうな顔をしていた。

「ともかく、中に入ろう」

仙太郎はお光を家の中に招じた。

「あら、あんたは……」

住み込みの婆さんが目を丸くした。

「どうした？」

「はい、一刻（二時間）以上前に、旦那さまを訪ねて来たんです」

「では、それからずっと外で待っていたのか」

仙太郎がきくと、お光は小さく頷《うなず》いた。

「さあ、上がりなさい」

仙太郎が勧めると、お光が部屋に上がった。

「婆さん。すまないが、飯の支度をしてやってくれないか」

お光は婆さんが支度した膳をおいしそうに食べた。

食べ終わったあと、

「旦那さま。お二階にふとんを敷いてきます」

と、婆さんは二階に上がって行った。

「住み込みの下駄屋はどうしたんだ？」

仙太郎がきくと、お光はうつむいた。

「何かあったのか」

「今夜、内儀《おかみ》さんが親戚の家に行って留守だったんです。そしたら、旦那さんが私の部屋に忍んで来て……」

お光の声が震えた。

「だから、私……、旦那さんを突き飛ばして。そしたら、旦那さんが後ろに倒れて柱に頭をぶつけたんです。唸っている間に、荷物をまとめて飛び出して来たんです」

「とんでもねえ野郎だ」

仙太郎は口許を歪めて言ったあと、

「よく逃げて来た。もう、そんなところに帰ることはない。兄さんが見つかるまでここにいるといい」

と、やさしく声をかけた。

「よろしいんでしょうか」

「ご覧のとおりの俺と婆さんだけだ。遠慮はいらないよ」

「ありがとうございます」

お光は顔つきを曇らせ、

「旦那さんはだいじょうぶでしょうか。柱に頭をぶつけて、うめき声を上げていました。もし、旦那さんに何かあったら、私を捕まえにお役人が……」

「それほど心配なら、俺が様子を見てこよう」

「だいじょうぶでしょうか」

「心配ない。ここで、待っていなさい」

仙太郎は立ち上がった。

ふとんを敷き終えて梯子《はしご》段を下りて来た婆さんに、

「出かけて来る。すぐ戻る。あの娘を頼む」

と声をかけ、仙太郎は格子戸を開けて外に出て行った。

五つ半（午後九時）はまわっている。親父橋を渡り、葭町からまっすぐ浜町堀まで出て、河岸沿いを北に行き、橋を渡ると、久松町だ。

下駄屋の『金杉屋』は小商いの店が並ぶ中程にあった。表は戸が閉まっていたので、裏手にまわった。

裏口の戸も閉まっていた。

戸を開け、

「ごめんください」

と、仙太郎は奥に呼びかけた。

物音がして、肥《ふと》った男が出て来た。太くて短い眉毛。団子っ鼻に厚い唇。四十近い。

「誰だえ」

濡れた手拭《てぬぐ》いで、後頭部を冷やしながらきいた。

「頭、どうなさりましたかえ」

仙太郎は侮蔑《ぶべつ》の笑みを浮かべた。

「ちと、ぶつけたんだ。で、あんた、誰だえ」

「こちらにお光って娘が厄介《やっかい》になってましたね」

「なに、お光」

亭主の顔色が変わった。

「おまえさん、お光に何しようとしたんですかえ」

「何を言うんだ。何もしちゃいない」

「へんですねえ。お光はこの家から逃げ出して来たって言っているんですぜ」

「何かの間違いだ。お光はどこにいるんだ？　さんざん世話になっておきながら、後ろ足で砂をかけるような真似をしやがって」

亭主は顔を歪めた。

「お役人に訴えようとしたところだ。お光をかばうなら、おまえさんも同罪だ」

「いま、お光は般若同心と親しい男のところにいる」

「般若同心?」

「そうだ。おまえさんがお光に何をしようとしたか、般若同心に訴えてもいいんだ。般若同心の前でも、自分が正しくてお光が悪いと言えるのか」

「……」

「それより、内儀《おかみ》さんに話してもいいんだぜ。今夜、内儀さんは親戚の家に行っているそうだな。だったら、明日にでも出直そうか」

「待ってくれ。うちの奴には関係ないんだ。それに、お光は勘違いしている。そうだ、勘違いしているんだ」

「お光が何を勘違いしていると言うんだ?」

「俺がお光の部屋に行ったのは、お光をなぐさめてやろうとしただけだ。それをお光が変に勘違いしやがって……」

「ほう、お光の勘違いだというのか。おまえさんの言い分では、お光が悪いということになるのか」

「ああ」

「それじゃ、お光と言い分が食い違っている。明日、改めて般若同心を連れて、真偽を確かめよう」

「やい、さっきから聞いていれば般若同心だとか、いい加減なことを言いやがって。俺をなめるんじゃねえ」

亭主は急に居丈高になった。

「そうか。おめえは、お光と語らい、俺を脅しに来たんだな。狙いは金か」

「堅気の商人らしからぬ言いぐさだな」

仙太郎は呆れ返った。

「わかった。般若同心にお出ましを願おう。邪魔したな」

仙太郎が外に出ようとすると、男はあわてて呼び止めた。

「待ってくれ」

亭主は泣きそうな顔になって、

「わかった。わかったから、般若同心には言わないでくれ」

「じゃあ、お光に悪さをしようとしたことを認めるんだな。どうなんだ？」

「ちょっとした出来心だったんだ。お光にすまなかったと言ってくれ」

亭主はいまいましげに言う。

「よし、いいだろう」

仙太郎は蔑《さげす》むように見て、

「いいか。二度と、あんな真似をするんじゃねえぜ。それから、お光に用があるときは、八丁堀の柚木源九郎の屋敷を訪ねろ」

「へい」

「それから、お光の兄の富松が江戸に出て来ている。おまえさんも富松のことは知っているはずだ。ここに訪ねて来なかったか」

富松も、親の知り合いということの男を頼ったのではないかと思ったのだ。

「いや、来てない。ほんとうだ」

「そうか。わかった。邪魔した」

仙太郎は外に出た。

家に帰ると、お光は起きて待っていた。婆さんが支度したのか、少し地味な寝間着を着ていたが、それがかえっておとなっぽく見せた。こんなに色っぽい女だったかと、仙太郎はちょっとどぎまぎした。

「どうでしたか」

お光がきいた。

「あの亭主は元気で、息巻いていた。お光はこっちで預かると言っておいた。もう、気にすることはない」

「よかった」

お光は安心したように言う。

「その後、兄さんの手掛かりは摑めたか」

「いえ」

好きな女が苦界《くがい》に身を落とした。せめてひと目会いたいと江戸に出て来た富松は、女と会ったのだろうか。

「相手の女がどこの見世《みせ》にいるかわかっているのか」

「いえ、知りません」

おそらく、自暴自棄になり、悪い仲間に入ったのではないか。お光も、そう思っているのだろうか。

「さあ、今夜は遅い。もう、休みなさい」

「はい」

お光は素直に答え、

「それでは休ませていただきます」

と、丁寧に挨拶をした。

「旦那さま、いい娘さんじゃございませんか」

婆さんがにこやかな顔で言った。

「ひょんなことから知り合ったが、よろしく頼む」

「わかりました。任してください」

婆さんは胸を叩いた。なぜか、張り切っているような態度を不思議に思ったが、婆さんは、おやすみなさいませと言って自分の部屋に向かった。

遠くで犬の遠吠《とおぼ》えと按摩《あんま》の笛の音が聞こえた。

第二章　兄の行方

一

連日の炎暑である。町中には、水売りや心太《ところてん》売りが行商をしており、夕方になると、あちこちで縁台を外に出し、浴衣《ゆかた》姿で夕涼みをしている光景が見られた。

六月二十一日に、耳を疑うような出来事があった。まるで、小月忠吾の予言が当たったとしか思えなかった。

去年九月に失脚した水野忠邦が老中首座に復帰したのである。

源九郎は覚えず、なぜだと叫んだ。町の人びともただ唖然《あぜん》とするばかりだった。

また、あの暗黒の時代が返って来る。そんな悲鳴さえ聞こえて来そうだった。

数日経っても、同心詰所ではその話で持ちきりだった。

いろいろ手をまわして、将軍家慶《いえよし》に取りすがったのではないかという者もいたが、水野忠邦がそのようなことをするとは思えなかった。

「この難局を乗り越えるには、水野越前守どのしかいないというのがほんとうのようだ」

同心の大村又三郎《おおむらまたさぶろう》が声をひそめて言う。

又三郎は四十一歳。体が大きく、でかい顔で顎《あご》のひげ剃りあとがいつも青々としている。

長崎の出島を通してオランダとの交易を続けて来ただけで、わが国は鎖国政策をとって来た。

ここに来て、オランダから開国を迫られたのである。

オランダからの開国要請や日本沿岸に出没する外国船問題など、いまわが国は外交面において難しい対応に迫られていた。

「でも、よく越前守が受諾したものですね」

誰かが不思議そうにきいた。

老中を罷免されたとき、町の衆は喝采した。人望を失ったいま老中に復帰して、何が出来るだろうか。

幕閣内のことはよくわからないが、将軍家慶が忠邦の復帰を望んだのであろう。

これでは、忠邦の後任の阿部正弘《あべまさひろ》は面白かろうはずはない。

いったん、信頼を失った者が再び、まっとうな政治が出来るのか。

聡明といわれる忠邦のことだ。当面の問題を片づけたら、すぐにでも老中首座から下ろされることはわかっているはずだ。

なのに、なぜ、忠邦は返り咲いたのか。

源九郎は忠邦の気持ちが理解出来た。

復讐《ふくしゅう》だ。自分を追い落とした土井大炊頭利位《どいおおいのかみとしつら》、そして自分を裏切った鳥居甲斐守……。

「お奉行はどうなるのか」

別の同心が、興奮を抑えてきいた。

「もちろん……」

又三郎は言いさした。

「越前守が黙っていないでしょうね」

源九郎が呟《つぶや》くように言う。

忠邦が鳥居に復讐するはずだ。

「さて、越前守はどこまでやるかだな。憎き裏切り者に、何らかの罪を着せて裁くか」

又三郎が好奇心を剝き出しにした。

「いくら、越前守さまでもそこまでは出来ますまい」

別の同心が言うのに、又三郎は反論する。

「あからさまな仕打ちはしないと思うが、俺は徹底的にやると思う。裏切り者は許せないはずだ」

又三郎は自分で頷きながら言う。

源九郎はほかのことを考えていた。本庄茂平次のことだ。

これは、茂平次を討つには絶好の機会の到来となるか、それとも、茂平次が手の届かないところに逃げてしまうきっかけになるか。

果たせるかな、四日後の二十五日、南町奉行鳥居甲斐守が失脚した。その他、水野忠邦失脚に加わった者たちも次々とやめさせられた。

奉行がやめると正式に聞いた日、源九郎は町廻りの途中で、堀江町四丁目に足を向けた。

照降横丁から親父橋に向かう。その橋の袂に、仙太郎の家がある。

源九郎は格子戸を開けて呼びかけた。てっきり、住み込みの婆さんが出て来るかと思っていると、若い女がやって来た。

「いらっしゃいませ」

上がり口に腰を下ろして挨拶してから、

「柚木さまですね」

と、女はきいた。

「そなたは?」

「はい。光と申します」

純朴な感じの女だ。まだ、江戸の色に染まっていない新鮮さがあった。

「仙太郎はいるか」

「はい。どうぞ、お上がりください」

「仙太郎に訊ねなくてよいのか」

「はい。柚木さまだったら、いつでもお通しするようにと言いつかっておりますから」

「そうか」

源九郎は腰から大刀を外して部屋に上がった。

居間に行くと、仙太郎は飯を食べていた。

「なんだ、いまごろ、朝飯か」

呆《あき》れたように言って、源九郎は向かいに腰を下ろした。

「ゆうべ、遅かったのでな」

飯を食べ終えるのを待ってから、源九郎は言った。

「若い女が出て来たから驚いた。お光というのは？」

「じつは、こういうわけだ」

仙太郎は芝露月町での出来事から日本橋久松町の下駄屋の件までを話し、

「二十歳前の娘がひとりで兄を探すのはたいへんだからな」

と、付け加えた。

「八王子にふた親はいるのか」

「いや、もう亡くなっているそうだ。肉親は兄の富松だけだ」

「だから、兄を探しに来たのか」

「昨日も、兄の富松の行方を訪ねて千住《せんじゅ》まで行って来たんだ」

「手掛かりがあったのか」

「ああ、あの辺りで似た男を見たという者がいた。吉原に近いし、やはり千住辺りではないかと思ったんだ」

「そうか」

源九郎は覚えず笑みが漏れた。

「ずいぶん、お光に肩入れをしているな」

「これも何かの縁だからな」

「そう、縁だ」

「源九郎、何を考えているんだ?」

「いい娘だと思ってな」

仙太郎の変化小僧は変装の名人で、女にも化けた。それも、色気たっぷりな年増《としま》から町娘まで多彩だ。だが、仙太郎が作り出す女たちの中に、お光のような素朴な美しさを持つ女はいなかった。

まるで仙太郎とは別世界の女のようなお光は新鮮な美しさがあった。

「源九郎、つまらん考えはよせ」

源九郎の心の思いに気づいたのか、仙太郎は苦笑した。そして、すぐ真顔になって、

「雪江には言うなよ」

と、強い口調で言った。

これは案外いけるかもしれないと、源九郎は思った。

仙太郎にはお光のような純朴な女がふさわしい。よし、俺もお光の兄を探すのを手伝おうと決めた。

そのことを早く解決し、ふたりの仲を取り持ってやろう。お光のような女がいれば、仙太郎は堅気になれる。そう思うと、源九郎も元気が出てきた。

「おい、何、ひとりでにやついているのだ？」

仙太郎が不思議そうにきいた。

「いや、なんでもない。それより、とうとう鳥居が奉行をやめた」

「そうか。鳥居は失脚したか」

仙太郎は声を張り上げた。

「だが、肝心な茂平次の行方が摑《つか》めぬことにはどうしようもない」

すぐ、仙太郎は声を落とした。

「茂平次は鳥居甲斐守の庇護《ひご》を受けられなくなった。茂平次のことだ、どこかに逐《ちく》電《でん》したかもしれぬな」

源九郎も顔をしかめた。

「鳥居の元にいたほうが、まだ茂平次の動きは摑みやすかった。これで、茂平次は全国どこへでも好きなところに行ける」

仙太郎は歯嚙みをした。

「いや。茂平次はひっそりと隠れて生きていけるような男ではない。必ず、どこかでのこのこと顔を出してくるはずだ」

源九郎は気を引き立てるように言った。

「そうだな。ともかく、鳥居が失脚したことで、これからの作戦を練り直さねばならない。これから、小松どのに会って来る」

仙太郎は立ち上がった。

お光に見送られ、源九郎と仙太郎は外に出た。

あちこちでひとだかりが出来て、歓声が上がった。

「瓦版《かわらばん》だ。そうか、鳥居の件がもう瓦版になっているのか。過酷な取締りで江戸の者を苦しめて来たんだからな、町の衆が歓喜するのは当然だ」

仙太郎は目を細めて、大騒ぎをしている町の衆たちを見た。

「じゃあ、仙太郎。無理をするな」

日本橋の袂で、源九郎は仙太郎と別れた。

それから、源九郎は与市と待ち合わせている須田町《すだちょう》の自身番に向かった。

この大通りでも、あちこちで歓声が上がっている。鳥居甲斐守が奉行を罷免されたことを大喜びしているのだ。

須田町の自身番でも、その話で持ちきりだった。

「旦那。お奉行さまがやめさせられたそうですね」

自身番に詰めていた家主が目尻を下げていた。

「うむ。そのことで、町もだいぶ賑やかだな」

「そりゃそうでございますよ。さんざん、苦しめられて来たんですからね。これで、江戸の町も明るくなります」

源九郎も同じ思いだったが、奉行所の者として、うかつに同調する姿勢は見せられなかった。

「これで、今まで禁じられていたものが、いろいろ元通りになります。私の娘は駒《こま》込《ごめ》の植木屋に嫁いでいるんですが、これでおおっぴらに菊づくりが出来るでしょう。なにしろ、めでたいことです」

料理屋も矢場も茶屋も活気づくかもしれない。抑圧された暮らしから解放された喜びが江戸中に満ちているようだった。

それから四半刻（三十分）経っても、与市はまだ現れなかった。

「今度のお奉行はどんなお方なんでしょうね」

さっきの家主がきいた。

「さあな」

「少なくとも、鳥居さまのようなお方ではないでしょう」

家主は笑った。

それからしばらくして、駆けて来る足音が自身番に近づいて来た。源九郎が顔を向けると、与市の手下だった。

「旦那。両国橋の橋桁《はしげた》に土左衛門がひっかかっていたんです。親分はそこにおります。両国橋までご足労願いたいってことです」

「よし」

源九郎は家主に声をかけて、自身番を飛び出した。

二

源九郎が両国橋に駆けつけたとき、死体は川から引き上げられていた。死体を載せた戸板が橋番小屋に運び込まれたところだった。

戸板の傍《かたわ》らに与市がいた。源九郎に気づいて振り返った。

「旦那」

「ごくろう。どうだ？」

源九郎は事故かどうかをきいたのだ。

「ほとけは男です。どうやら、殺してから川に投げ入れたようです。亡骸を岸に上げたとき、腹に刺し傷がありやした」

「殺しか」

源九郎は顔をしかめた。

ふたりは橋番小屋に入った。土間に、戸板に載せたまま、死体が横たわっていた。

源九郎は死体の前にしゃがんだ。真っ先に目に入ったのは、腹部に見える傷跡だ。匕首《あいくち》の傷だ。心の臓にも傷があった。

「殺されて丸ふつかは経っていそうだな」

殺されたのは二十三日か。男の年齢は二十二、三歳。額が広い。おでこが突き出て、鼻が低い。

「親分。この男、源蔵といっしょにいた男じゃありませんかえ」

与市が死体の顔を見つめて言った。

「源蔵といっしょにいた男だと？」

源九郎もまじまじと死体の顔を見た。

長時間水に浸《つ》かっていたので、顔はふやけ、人相はわかりにくい。だが、広い額に低い鼻が記憶にあった。

「間違いない。あのときの男だ」

『大黒屋』の春之助の取り巻きだった源蔵の子分。源蔵と共に、春之助を殺した政次を探していた男だ。

博打のいざこざか。

「ともかく、源蔵を呼んで来い」

「へい」

与市は手下に、源蔵を探して来るように告げた。木挽町界隈《かいわい》を根城にしているやくざだ。その一帯できけば、住まいはわかるだろう。

源蔵を待つ間、源九郎は上がり框《かまち》に腰をおろし、与市と鳥居甲斐守失脚の話になった。

「奢侈《しゃし》禁止令や倹約令はまだ出たままなんでしょうね」

与市がきいた。

「おそらく、しばらく改革は続けられるだろうが、行き過ぎた華美を取り締まるくらいで、厳しい取締りはない」

「それを聞いて安心しました」

与市が答えたとき、きつね目の源蔵が手下に連れられてやって来た。

死体をここに運んでから、半刻（一時間）ほど経っていた。

「源蔵か、待っていたぜ。さっそく、見てもらおう」

源九郎は源蔵を死体のそばに誘《いざな》った。

与市が筵《むしろ》をめくった。

顔が現れた。源蔵はためつすがめつ死体を見ていたが、そのうちに顔色が変わった。

「峰吉《みねきち》だ」

「間違いないな」

「へえ、間違いありません」

「峰吉っていうのか」

「へい」

源蔵はきつね目を見開いて、

「まさか、こんなことになっていたとは……」

と、声を震わせた。

「峰吉と最後に会ったのはいつだえ」

与市が鋭い目を向けてきく。

仲間割れかもしれない。源蔵が殺し、何食わぬ顔で、ここに現れたということも考えられるのだ。

「ふつか前です」

「どこでだ？」

「例の呑み屋です。奴は、きょうは吉原に行くっていって、ひとりで出かけて行ったんです」

「吉原とは豪勢だな」

「吉原っていったって河岸見世ですよ。そんなまっとうな廓《くるわ》なんかに揚がれるわけはありませんぜ」

「それから会っていないのか」

「そうです。きのうは顔を出さないので、どうしたのかと思っていたんです。まさか、変わり果てた姿になっていたとは思ってもいませんでした」

源蔵は顔をしかめた。

「峰吉は誰かに恨まれていたか」

「恨まれる？」

源蔵が怪訝《けげん》そうな顔をした。

「親分。峰吉は溺《おぼ》れたんじゃないんですかえ」

「違う。匕首で刺されている」

「殺されたって言うんですかえ」

源蔵は険しい形相になった。

「そうだ。おめえ、ほんとうに知らねえのか」

「なにを言うんだ。俺が峰の奴《やっこ》を殺るわけがねえ。ほんとうだ。調べてもらえればわかる。俺が奴を殺る理由《わけ》なんてねえんだ」

「源蔵。とぼけるんじゃねえぜ」

源九郎が口をはさんだ。

「とぼけちゃいませんよ」

「春之助が殺されたことで、おめえは峰吉をこっぴどく叱ったんじゃないのか」

「そんな叱っちゃいません」

源蔵はあわてて答える。

源九郎は鎌《かま》をかけたのだが、源蔵はひっかかった。源九郎は畳みかけた。

「おめえがたいしたことないと思っても、峰吉のほうじゃこっぴどく怒られたと思ったかもしれねえぜ。峰吉はそのことを根に持っていた。だから、おめえを……」

「冗談じゃねえ。旦那。確かに、あっしは峰吉を責めた。なんで、若旦那についていってやらなかったのかと。だが、あれは若旦那のほうから峰吉を断ったんですぜ」

必死に説明する源蔵は嘘をついているようには見えなかった。

「おめえじゃねえとすると、いってえ誰だ?」

再び、与市がきいた。

「わからねえ」

「峰吉に女は？」

「いませんぜ。なかに馴染みの女がいるだけです」

「一昨日も吉原に行ったそうだな」

「そうです」

「吉原のなんという見世《みせ》だ」

「西河岸の『蔦屋《つたや》』の花山《はなやま》って遊女です」

西河岸とは鉄漿溝《おはぐろどぶ》に沿った江戸町《えどちょう》一丁目から京町《きょうまち》一丁目までを言う。この辺りは河岸見世といい、小見世が並んでいて安く遊べるところだ。さらに、安いのが反対側の江戸町二丁目から京町二丁目までの河岸で、遊女が通る男をつかんで引きずり込むので、羅生門《らしょうもん》河岸と呼ばれている。

「吉原の帰り、あの辺りの地回りと喧嘩になったのかもしれませんぜ」

源蔵が自分の考えを述べた。

「そうかもしれねえな」

与市が頷き、

「わかった。その辺のことはこっちで調べる。おめえたちは、かってに向うで動き回るな。揉《も》め事の種だからな」

と、注意をした。

「へい」

「もし、他に何か峰吉のことで思いついたことがあったら教えてくれ」

「へい」

「ほとけは夕方には引き渡せるだろう」

「わかりやした。峰吉の親にも伝えておきます」

「親がいるのか」

「へえ。南八丁堀で荒物屋をやっています。勘当されたとか言ってましたけど」

「そうか。なんて親不孝なんだ」

与市が吐き捨てる。

「じゃあ、親を連れて来い」

「わかりやした。じゃあ、また出直します」

「おっと念のためだ。おめえの住まいはどこだ？」

与市は思いついてきいた。

「へい、三十間堀一丁目です。長右衛門店《ちようえもんだな》です」

「長右衛門店だな。よし、いいぜ」

源蔵は橋番小屋を出て行った。

「旦那。源蔵は関係なさそうですね」

源蔵が出て行ってから、与市が言う。

「やはり、吉原の帰りに何かあったんだ。峰吉の足どりをたぐるためにも、まず花山って遊女に会うことだな」

「へい。さっそく行ってみます」

そのとき、源九郎はお光の兄、富松のことを思い出した。富松も好きな女が吉原に身を売ったのだ。

ついでに、その女の様子を見てみたいと思った。

「よし、俺も行こう」

「えっ、旦那がですかえ」

「俺は遊女に興味はない。邪推するな」

源九郎は与市の誤解に気づいた。

「へえ。それで、安心しました」

雪江との仲がうまく行っていないと思ったようだ。だからといって、吉原で遊ぶことなどせぬと、言いたいのを源九郎はぐっと抑えた。

柳橋《やなぎばし》から猪牙《ちょき》に乗った。夜見世がはじまると客がついてしまう。その前に、話を聞いてみたいと思い、舟で急いだのだ。

御米蔵が見えて来た。

「あっしは舟で吉原へ行くなんて、久しぶりですよ」

与市は気持ちよさそうに川風を顔に受けている。

「ついでに遊んで来たらどうだ?」

源九郎が半分真顔で言う。

「そうしたいのはやまやまですが、旦那の知らないところで遊びますよ」

「そういうもんか」

「へえ」

与市は三十五を過ぎているが、まだ独り者だ。当然、どこかで遊んでいるのだろうが、源九郎は与市がどこで遊んでいるか知らない。

なるほど、俺に知られないように遊んでいたのかと、源九郎ははじめて納得がいった。

舟は浅草寺《せんそうじ》の五重塔を左に見てから山谷堀《さんやぼり》に入って行った。

船宿では吉原に遊びに行く客が酒を呑んでいた。ここで一服してから、船宿の若い者の案内で日本堤《にほんづつみ》を吉原に向かうのだ。

源九郎と与市はまっすぐ日本堤を吉原に向かう。俗に、土手八丁といい、山谷から衣紋坂《えもんざか》まで八丁（約八百七十二メートル）ある。

見返り柳を見て、衣紋坂を下る。ここから大門《おおもん》まで五十間《けん》（約九十メートル）ある。

大門を入ると、左手に面番所がある。奉行所から隠密《おんみつ》廻りの同心が出張してきて、見張っている。

ふたりは面番所に寄り、いちおう隠密廻りの同心や岡っ引きに挨拶をしてから、源九郎は岡っ引きに頼んだ。

「一年ほど前に八王子からやって来たおたまという娘が、どの見世にいるか調べてもらえないか」

「おたまですね。よござんす。楼主に聞いてまいりやしょう」

「帰りに寄る」

源九郎は外に出た。

「旦那。おたまというのは誰なんですか」

与市が好奇心に満ちた目できいた。

「仙太郎がひょっとした縁で知り合った娘の兄の許嫁《いいなずけ》だ」

源九郎はかいつまんで事情を話した。

「へえ、そうだったんですかえ」

仲《なか》の町《ちょう》通りをまっすぐ進む。高級な茶屋が並ぶ待合《まちあい》の辻《つじ》から大見世の立ち並ぶ江戸町一丁目の角を曲がった。鉄漿溝に突き当たる。

西河岸にある自身番に寄り、『蔦屋』の場所を聞いた。

小見世が並んでいる。まだ、夜見世のはじまる暮六つ（午後六時）には少し間があり、格子の中に安女郎はいない。仲の町通りに軒を並べている廓とは格式に格段の差がある。

「あそこですね」

与市が言い、『蔦屋』の暖簾《のれん》をくぐった。

亭主らしい強欲そうな顔の男が出て来た。与市の後ろにいた源九郎に気づいて、急に相好《そうごう》を崩した。

「親分さん。どんな御用で」

『蔦屋』の亭主は窺《うかが》うような上目づかいできいた。

「花山という妓《こ》はいるかえ」

「はい、おりますが……。花山が何かやったんでしょうか」

「そうじゃねえ。花山の客で、峰吉という男のことでききたいことがあるんだ」

「ああ、峰吉さんのことですか」

「知っているのか」

「はい。花山にかなり夢中になっておりましたから」

「そうか。一昨日も来たと思うが？」

「峰吉さんがですか。いえ、最近来たのは十日ほど前でございますよ」

「そんなはずはねえ。峰吉は吉原に行くと言って出かけたそうだ」

与市が言う。

「いえ、来ていませんぜ」

亭主は首をひねり、

「他の見世ってことは考えられませんし、変ですね」

「ともかく、花山を呼んでもらおう」

与市が催促した。

「はい。ただいま」

亭主は奥に向かった。

しばらくして、亭主が若い遊女を連れて来た。白粉《おしろい》を塗りたくっているので若く見えるが、実際は二十代半ばを過ぎているのかもしれない。

「花山かえ」

与市が確かめる。

「はい。花山です」

少し気《け》だるそうなしゃべり方だ。

「峰吉を知っているな？」

「はい。贔屓《ひいき》にしていただいていますから」

「一昨日の夜、ここに来たと思うが、覚えているか」

「いえ、一昨日は来ていません」

「そんなはずはない。思い出すんだ」

覚えず、与市が言い返す。

「でも、峰吉さんが最後に来たのは十日以上前です」

「ほんとうに来ていないのか」

源九郎が背後からきいた。

「来ていませんよ。ほんとうですよ」

花山はむきになって答えた。

「峰吉さんがどうかしたんですかえ」

亭主がまた上目づかいにきく。

「死んだ。殺された」

与市が言う。

「げっ、殺された……」

亭主はのけぞった。花山も口を半開きにした。

「峰吉が誰かに怨《うら》みを買っていることはなかったか。そのようなことを、話してはいなかったかえ」

与市が花山にきいた。

「いえ、ありません」

花山が青ざめた顔で答えた。峰吉が殺されたことに、かなりの衝撃を受けたようだ。馴染み客だったから、無理もない。

「わかった。邪魔したな」

与市は声をかけ、外に出た。

「旦那。峰吉がここに来ていないってことは、ここに来る途中で何かあったってことですかねえ」

「そうだ。ここに来る途中で、峰吉は殺されたんだ」

ここの帰りに何かあったのかと思っていたが、吉原に向かう途中で、峰吉の身に何かあったのだ。

西河岸から出て、仲の町に戻った。

与市は、再び面番所に戻った。

「旦那。わかりましたぜ」

「なに、もうわかったのか」

「へえ、じつは四郎兵衛《しろべえ》会所に細見《さいけん》売りの男が入り込んでいましてね」

四郎兵衛会所は大門の脇、この面番所の向かいにある。遊女の逃亡を監視するところである。

この会所の管理人は代々四郎兵衛を名乗ることになっていた。

「その細見売りに聞いたら、あっさり教えてくれました」

細見とは吉原細見のことで、廓内の茶屋、遊女屋の名、位づけをした遊女の名を記してある吉原の案内である。

その吉原細見を書くために遊女屋をまわって遊女のことを聞き出しているので、八王子出身のおたまというだけで、細見売りはすぐ小菊《こぎく》の名を出したという。

「京町一丁目にある『松島楼《まつしまろう》』の小菊という遊女がおたまだそうです」

「こんなにあっさりわかるとは思わなかった。だが、もう夜見世がはじまるな」

もう暮六つ（午後六時）になる。そう思ったとき、三味線の音《ね》が聞こえて来た。すががきである。遊女が張見世に出るとき合図に弾いた三味線だけのお囃子《はやし》である。

夜見世がはじまり、遊女は格子の中に入っている。

「旦那。格子越しに、顔だけでも見ていきませんか」

与市が勧めた。

「よし」

与市の言に従い、源九郎は面番所を出た。

まっすぐ仲の町通りを一番奥の水道尻《みとじり》に向かう。突き当たりが水道尻で、その両脇に京町一丁目と京町二丁目がある。

仲の町通りにだいぶ遊客《ゆうかく》が目立って来た。賑やかなすががきが途中で終わった。

京町一丁目にある『松島楼』にやって来た。

格子の前に数人の男が立って中の遊女を見ている。格子の中には美しく着飾った遊女が客に媚《こび》を売っている。

この中に、おたまの小菊がいるのだろうか。

「ちょっと、きいてきます」

与市が妓夫《ぎゆう》にききに行った。

その間、源九郎は遊女たちを見た。若い女はふたりいた。ひとりは細面《ほそおもて》のおとなしそうな感じで、もうひとりはつんとすましている。

与市が近づいて来た。

「小菊は、奥の端っこにいる女だそうです」

やはり、細面のおとなしそうな感じの遊女がそうだった。

おそらく、富松はここでおたまを見、そして登楼したのであろう。

「どうしますね」

「また、日を改めよう」

与市がきいた。

源九郎は、その場から離れた。

「峰吉の親は息子の亡骸《むくろ》を引き取りに来たでしょうかねえ」

ふと与市が心配そうに言う。

勘当していたというなら、引き取りを断ったかもしれない。だが、いくらやくざな息子でも死んだとなると不憫《ふびん》に思うだろう。

「親なら引き取りに来ているはずだ」

源九郎はそう信じた。

仲の町通りは遊客であふれていた。

三

翌日の午後。

芝の料理屋の二階で、仙太郎は小松典膳と熊倉伝十郎のふたりと会っていた。

「鳥居甲斐守が奉行をやめさせられ、寄合《よりあい》になったことで、茂平次はもう鳥居の庇護下にないと思ってもよいでしょう」

仙太郎はふたりに酒を勧めながら言う。

伝十郎は猪口《ちょこ》から手にこぼれた酒を、手に口を持って行ってすすった。かつての伝十郎からは考えられない卑しい姿だった。

茂平次を求め続けて、希望のない暮らしが、伝十郎を卑しい人間に変えてしまったのか。

「鳥居がどうのこうのではなく、茂平次の行方がわからなければなにもはじまらん」

伝十郎が激しく言った。だいぶ、いらついているようだった。

小松典膳がなだめるように、

「世の中がどんどん変わっている。必ず、我らに勝機は訪れる」

と、力強く言った。

「そうですぜ。必ず、茂平次を追い詰めることが出来ます。そんときにそなえ、十分に英気を養っておかねばなりませんぜ」

「ほんとうに、茂平次に巡り合うだろうか。茂平次に最果ての地に逃げられたらお手上げではないか」

「茂平次は最果ての地で無為に過ごすような男じゃありません。必ず、江戸に舞い戻るはず。そして、鳥居に代わる者を探すはずです」

「そうだろうか」

「そうです。茂平次がおとなしくしていられるわけはありません」

それは、仙太郎が自分自身にも言い聞かせる言葉だった。

「そのことだが、やはり、いま茂平次は長崎にいるように思えてならない。江戸でのんびり待つより、いっそ長崎に行ってみようかと思っている」

小松典膳が言い出した。

果たして、長崎にいるかどうかわからない。だが、それもいいかもしれないと思った。このままでは伝十郎はだめになるかもしれない。だとしたら、長崎に向かうことで、ひとつの目標が出来る。再び、活力が生まれるかもしれない。

もし、長崎で何もつかめなければ、江戸に舞い戻ればいい。

「それはいいかもしれませんね」

仙太郎は小松典膳の目を見た。

目顔で何か言っているような気がした。おそらく、小松典膳は自分と同じ思いで、長崎に行こうとしているのだろう。

「伝十郎どの。長崎に行かれたらどうですか。もともと、茂平次は長崎の出。知り合いも多かろうし、その知り合いを頼っていくことは十分に考えられます」

「長崎か」

伝十郎が顔を上げた。

「伝十郎。行ってみよう。何か手掛かりは摑める」

「わかりました。行ってみましょう」

伝十郎の顔に生気が満ちて来た。

「仙太郎どの」

小松典膳が呼びかけた。

「そこで、たいへん厚かましいお願いなのだが……」

典膳はいいよどんだ。

「小松どの。わかっています。お貸しいたしましょう」

路銀のことだ。

「すまない」

小松典膳が頭を下げると、伝十郎も腰を折った。

「仙太郎どのには何からなにまで世話になって。このとおりでござる」

「顔をお上げなすってください。あっしは、勝手にあなた方に手を貸しているんです。そのぐらいはさせていただきますよ」

「かたじけない」

小松典膳がもう一度、頭を下げた。

「おふたりが長崎に行っている間、あっしが江戸で探っております。万が一、茂平次を見つけたら、逃げられないように見張っております」

「何からなにまで」

「で、いつ出立《しゅったつ》なさいますか」

「早い方がよい。伝十郎どの次第」

「私はいつでも」

伝十郎の声に力がこもっていた。

「わかりました。明日、お金をお届けいたします」

「虫のいい願いをして、忸怩《じくじ》たる思いでござる」

典膳は拳を握り締めた。

「お金は、無事敵討ちが済んだら返していただきます。ですから、そんな遠慮はなさらずに」

仙太郎の持っている金は大名屋敷や富豪の屋敷から盗んだものだ。そして、貧しい暮らしの長屋のひとたちに配ろうと思っていたものだ。

変化小僧への風当たりが強くなって、変化小僧の役割が終わったいま、生きた金の使い道を探さねばならない。

そのひとつが小松典膳と熊倉伝十郎の敵討ちの支援であっても、少しもおかしくない。仙太郎はそう思った。

ふたりを残して、仙太郎は先に引き上げた。

親父橋手前にある家に帰ると、源九郎が来ていた。

「すまなかった。いままで、あのふたりといっしょだったのだ」

「小松どのと伝十郎どのか」

「うむ。長崎に行くという」

その事情を、仙太郎は話した。

「敵となる相手がいなければ、伝十郎どのはだめになってしまう。長崎へ行くのが一番いいのかもしれない。明日、金を届けてやる」

「そうか」

「きょうはなんだ？」

お光が台所にいるのを首を伸ばして確かめてから、

「おたまのいる見世がわかった」

と、源九郎が言った。

「なに、もうわかったのか」

「運がよかっただけだ。京町一丁目の『松島楼』の小菊という遊女だ。張見世に出ているのを見たが、おとなしそうな顔だちの女だ。俺が会って話を聞くよりは、おまえのほうがいいと思って知らせに来た」

「よし。明日にでも行ってみる」

「じゃあ」

源九郎が立ち上がった。

「なんだ、もう行くのか」

「雪江が待っているのでな」

「ちっ、のろけか」

仙太郎はうれしそうに言ってから、

「その後、小月忠吾の母親のほうはどうだ?」

と、思い出してきいた。

「あのあと、二度ほど、雪江を訪ねて来た。特に用はないらしいのだが、どうも探りを入れているようだと雪江が苦笑いしていた」

「困ったな」

仙太郎は胸に何かが張りついたような不快感を持った。せっかく、うまく行っているのに、小月忠吾の母親に波風を立てられそうだった。

「何か手を打ったほうがいいかもしれないな。このままだと、ほんとうは浪江ではないかと思い込まれてしまう」

「手を打つといっても、どんな手がある？」

源九郎が真顔できく。

「そうだな」

仙太郎は腕組みをした。

なにしろ、相手は浪江ではないかと疑っているのだ。何を根拠にそう考えたのか。全体から受ける印象だろうか。

それとも、浪江とでしか通用しない何かがあって、雪江がついそのことをぽろりともらしたか。

しかし、雪江がそんなへまをするとは思えない。やはり、あの母親は浪江には特別な思い入れがあって、雪江に浪江の面影を見てしまうのではないか。

「叔父さんをうまく使うんだな」

仙太郎は思いついて言う。

「叔父を？」

源九郎が不思議そうにきいた。

「叔父さんは雪江と浪江を別人だと思っているのだ。身内が別人だと思っているんだ。叔父さんがそう思っていることを忠吾の母親にわからせるには、ふたりを会わせればいい」

「しかし、どうやって会わせるかだな。それがぎこちないと、かえって雪江は浪江だと、なりかねない」

源九郎は溜め息をついてから、

「なんとかいい方法を考えてみよう」

と、玄関に向かった。

台所からお光が出て来て、源九郎を見送った。

「仙太郎さんの妹さんが柚木さまの奥さまだそうですね」

戻って来たお光が言った。

「源九郎が言っていたか」

「はい。だから、ほんとうは兄上と呼ばなければならないけど、いまさらそんな呼び方は出来ないって」

源九郎め、何を考えているんだ、と仙太郎は顔をしかめた。

「そのほかに何か言っていたか」

「はい、いいえ……」

お光はいったんうなずいて、あわてて頭《かぶり》をふった。その恥じらいを含んだ顔に、源九郎が何を言ったか想像がついた。

あいつのことだ。仙太郎にはおまえのような女が必要なんだ。よろしく頼むというようなことを言ったに違いない。

お光は台所に去っていた。

翌日の朝、仙太郎は神谷町の長屋に小松典膳を訪ね、十五両を渡した。

「こんなにも。それはいけない」

小松典膳は遠慮した。

「道中、何があって必要になるかもしれません。それに、あまったら返していただければいいのです。さあ、どうぞ」

「それではお言葉に甘えて」

典膳は金を摑み、押しいただいた。

「かたじけない。このとおり」

典膳は深々と頭を下げた。

「いいってことです。で、いつご出立ですか」

「明朝、出立するつもりだ。今夜、伝十郎どのがここに泊まることになっている」

典膳は目を輝かせて言った。

「そうですか。お見送り出来ませんが、どうかご無事で」

「うむ」

「あっしは、江戸で茂平次の手掛かりを探しておきます」

「何からなにまで」

小松典膳は頭を下げた。

「じゃあ、伝十郎どのによろしくお伝えください」

そう言い、仙太郎は小松典膳の住まいをあとにした。

仙太郎は汐留橋《しおどめばし》を渡り木挽町に出て、三十間堀にある船宿から舟に乗った。

山谷堀の船宿の桟橋で舟を下り、そこの船宿で一服してから、日本堤を吉原に向かった。

衣紋坂に差しかかったとき、ちょうど昼九つ（正午）の鐘が鳴った。昼見世がはじまったのだ。

仙太郎は大門をくぐり、まっすぐに京町一丁目に向かう。

大見世に揚がるには引手茶屋を通さねばならないが、これから行く『松島楼』は中見世である。引手茶屋を通さず、客が直接遊女屋に行って気に入った遊女を選んで揚がることが出来る。

仙太郎は格子の中にいる女たちを眺め、右から二番目にいる若い女を見た。細面のおとなしそうな女だ。小菊に違いないと思った。

仙太郎は暖簾をくぐり、ふり込みの客として、『松島楼』に揚がった。

まず、二階の引付《ひきつけ》座敷に通された。二十畳ぐらいの大きな座敷である。

「右からふたり目の若くて、おとなしそうな感じの妓を頼みます」

仙太郎は廓の若い者に言い、

「名はなんというのか」

と、訊ねた。

「その妓なら、小菊だと思います」

「そうですか。じゃあ、そのひとを」

「畏《かしこ》まりました。しばらくお待ちを」

若い者が去ってから、禿《かむろ》が茶と煙草盆《たばこぼん》を運んで来た。

続いて、さっきの若い者が杯台や銚子を持って現れ、そして小菊が打掛姿でやって来て上座に座った。

若い者が間に入り、仙太郎と小菊とに盃のやりとりがあってから、小菊は座を立った。

料理が出され、酒を呑んでいると、ようやく小菊が着替えて現れた。

つつましやかな感じだ。富松の許嫁だった女だ。小菊はひと言も口をきかず、酒も口にしない。

ただ、すまして座っている。が、媚を売るような姿態に、仙太郎はおやっと思った。

その後、若い者が仙太郎に言う。

「あちらに」

仙太郎は立ち上がり、若い者に案内され、部屋に行った。

衣桁《いこう》に打掛がかけてある。回し部屋ではなく小菊の部屋なのだろう、簞笥《たんす》や鏡台が置いてあり、隣の部屋に床《とこ》が敷いてある。

小菊が長煙管《ながギセル》の煙草に火をつけて、科《しな》を作って吸い口を差し出した。

「いい男でありんすこと」

媚を売るような目つきに、仙太郎は違和感を持った。

それを受け取ってから、仙太郎は切りだした。

「すまねえ。俺は客じゃねえ。おまえさんに会いたくてやって来たんだ」

小菊の顔がきっとなった。

「どういうことでありんすかえ」

小菊は里言葉できいた。

「おまえさんはおたまさんだね」

怪訝そうな顔をして、小菊は仙太郎を見た。

「どうして、わちきの名を？　おまえさんは誰なんでありんす？」

「富松を知っていなさるね」

小菊の顔色が変わった。

「あんた、あのひとの知り合い？」

「いや。妹のお光さんの知り合いだ。お光さんは富松を探しに江戸に出て来ている。富松はおまえさんに会いに来たんだろう」

「来たけど、客としてよ」

里言葉を消して、おたまが言う。

「おまえさん方は許嫁《いいなずけ》同士だったらしいな」

「昔のこと。そんな俗っぽい話なんてやめて、楽しいことしましょう。床で、とても喜ばせてあげるわ」

その言い方に、仙太郎は啞然とした。おとなしいという印象は嘘のようだった。おたまの目の色は男を求めているように見えた。

「富松がどこにいるか知らないかえ」

「知らないわ。あんな田舎者《いなかもの》……」

「田舎者？」

仙太郎は聞きとがめた。

「富松はおまえに会いたくて、金を貯めて八王子から出て来たんじゃないのか」

「それは向うの勝手。私の知ったことではないわ」

口をとんがらせて言ってから、

「そんなことより、向うへ行きましょう」

と、おたまは色っぽい目つきで誘った。

「さっきも言ったように、俺はおまえさんに話があって来ただけで、客じゃねえ」

「わちきを辱《はずかし》めるためにやって来たんでありんすか」

おたまは里言葉になった。

「いや、そんなつもりじゃない」

仙太郎はやりきれないように言う。

「富松を探す手掛かりが欲しかったのだ。また、富松はおまえさんに会うために金を貯めて……」

その先は言いさした。

金を貯めるために悪いことに手を出しかねない。そのことを心配しているのだ。

「小菊さん。すまなかったな。おまえさんを騙《だま》してしまった」

仙太郎は座を立った。

「富松に会えるかどうかわからないが、言づけがあるなら聞いておくぜ」

「何も」

何の感情もない声だった。

部屋を出てから、若い者に勘定《かんじょう》を払った。祝儀を含めて三両が懐《ふところ》から出て行った。

「お客さん。何かお気に障《さわ》ったことでも?」

早い退出を、若い者は気にしたのだ。

「いや。急な用を思い出したんだ」

仙太郎は逃げるように『松島楼』から出た。

おたまの変わりように、富松が激しい衝撃を受けたであろうことが想像される。純朴でおとなしい無垢《むく》な女は一年の廓生活ですっかり変貌《へんぼう》を遂げていたのだ。

衝撃を受けた富松にどんな心境の変化が訪れたか。それでも、おたまが忘れられずに、金を貯めて会いに行こうとするか。それとも、自暴自棄になってしまったか。

いずれにしろ、富松はまっとうな道を歩もうとしないのではないか。お光が恐れていたように、やくざな道に入り込んだかもしれない。

まだ、太陽は高いところにあった。

四

翌朝、源九郎が髪結いに髭《ひげ》を当たってもらっていると、与市がやって来た。

「もう終わる」

源九郎はそう言い、与市を庭先に待たせた。

それからいくらも経たずに、

「へい、お疲れさまでした」

と、髪結いが言い、源九郎の肩にかけていた手拭いを外した。

「ごくろう」

源九郎が言うと、与市が近づいて来た。

「旦那。あの夜、峰吉らしい男を見た人間が見つかりました」

与市が報告する。

「近くに住む職人のかみさんが待乳山《まっち》聖天《やましょうでん》の石段を下りたら、峰吉らしい男とぶつかりそうになったってことです。その男は謝るどころか舌打ちして、あわてたように先を急いだってことです。男の風体が峰吉とそっくりなんです」

「なにをあわてていたのか、わからないのか」

「へえ。ただ、石段を下りかけたとき、男が通るのを見たそうです。もしかしたらその男をつけていたんじゃないかって話です」

「なるほど。誰かのあとをつけていたのか」

「そうだとすれば、峰吉が焦って先を急いだこともわかります」

「うむ。つけられていたのはどんな男か見てはいないのか」

「へい。石段の上からだったので、残念ながら、よく見ていなかったようです」

与市は顔をしかめてから、

「それで、隅田川沿いの町を歩き回ってきました。ひょっとして、あの辺りから川に放り込まれたかもしれません」

「どうやら、峰吉に間違いないようだな。峰吉は誰かを見かけてあとをつけた。だが、逆に殺されて川に放り込まれたってわけだ」

源九郎は思案してから、

「もう少し、聞き込みをかけるんだ。峰吉を見かけた者がまだいるかもしれねえ」

「へえ、わかりやした。これから、当たってみます」

「俺も午後にはそっちに行ってみる。そうだな、八つ（午後二時）ごろ、聖天さまで落ち合おう」

「わかりやした。それまでになんとか手掛かりを見つけておきます」

行きかけてから、与市は思い出したように、

「峰吉の弔いは親がちゃんと出しましたぜ。やくざな伜《せがれ》でも、やっぱし親は親なんですね。泣いてました。下手人を必ず捕まえてくれと、母親は泣いて訴えていました」

「それが親ってもんだ」

「じゃあ、行って来ます」

そう言い、与市は引き上げて行った。

それから四半刻（三十分）後、源九郎は奉行所に出仕した。

鳥居甲斐守が罷免され、新しい奉行になったのが跡部良弼《あとべよしすけ》で、旗本の跡部家に養子に行ったので姓は違うが、こともあろうに水野忠邦の実弟であった。

ただ、新奉行の跡部良弼は鳥居甲斐守とは反りが合わなかったらしく、鳥居のやり方を全面的に変えた。

その点ではよかったが、まだ油断出来ないという警戒心は同心の誰もが持っていた。

源九郎は常に茂平次の行方を気にしており、新しい奉行といっしょに来た内与力に茂平次のことを訊ね、年番方の与力にもきいてみたりした。

だが、誰も茂平次の行方は知らなかった。

同心詰所でしばらく時間を潰《つぶ》したが、最近の噂の的はやはり新奉行の跡部良弼だった。

「跡部さまは大塩平八郎《おおしおへいはちろう》の乱のとき、大坂町奉行所のお奉行だったそうだ」

誰かが言う。

天保の大飢饉《だいききん》の最中《さなか》の天保八年（一八三七）、大坂町奉行所の元与力だった大塩平八郎が門人や農民三百人とともに、悪徳商人やそれと結託している奉行や役人を懲らしめ、民衆を救おうとして立ち上がったのである。

大塩平八郎は与力をやめたあと、陽明学《ようめいがく》の塾を開き、門人には町奉行所の与力・同心がいた。

この打ちこわしには五人の与力と七人の同心も加わったのである。

しかし、裏切り者が出て、打ちこわしはわずか半日で鎮《しず》められた。このとき、悪奉行として、標的になったのが東町奉行の跡部良弼だった。

「与力に反乱を起こされた責任はなかったのか」

誰かが疑問を呈した。

自分の部下に打ちこわしの一味がいたのだ。また、奉行が悪徳商人を取り締まらなかったことが騒動のきっかけになっているのだから、責任は重いはずだった。

「これも、忠邦の実弟だからか」

噂話を途中まで聞いていたが、源九郎にとって関心があるのは茂平次のことだけだ。それで、話に加わらず、同心詰所を出た。

源九郎は木挽町に行った。

三十間堀一丁目の長右衛門店はすぐにわかった。その長屋木戸を入り、路地ですれ違った年寄りに源蔵の住まいをきいた。

「一番奥です」

年寄りは顎で示した。

源九郎は奥に向かい、腰高障子の前に立った。

「源蔵、いるか」

戸を開けて、呼びかけた。

「あっ、旦那」

源蔵はひとりで酒を呑んでいた。

「朝から呑んでいるのか」

「へえ」

源蔵はばつの悪そうな顔をして徳利を片づけた。

「すいやせん。で、何か」

改まって、源蔵は疲れたような顔を向けた。

「ずいぶんしけた顔だな」

「若旦那がいなくなって小遣いが入らなくなっちまいましたからね。政次が生きてさえいたら、『大黒屋』の大旦那から敵討ちの名目で金を引き出すことも出来たんですがね。峰吉も殺されるし、踏んだり蹴ったりですよ」

源蔵はぼやいた。

壁に着物が下がり、壁際にふとんが畳んである。

「もうちっとましな暮らしをしていると思ったが？」

源九郎は部屋の中を見回した。

「ご改革があってからですよ、こんな暮らしになったのも。以前は、もっと面白おかしく生きて来たんですがねえ」

「なるほど。おめえたちのような者にもご改革の皺《しわ》寄せがあったのか。ゆすり、たかりをするにも、盛り場は火が消えたようだったからな」

「まあ、これからはよくなるでしょうがねえ」

「ばかを言え。おめえたちが跋扈《ばっこ》したんじゃ、町のひとが安心して暮らせない。まっとうな仕事につくなら別だが、堅気《かたぎ》のひとに迷惑をかけるようなことは許さねえ」

「へえ」

源蔵は肩をすくめた。

「それより、峰吉のことだが、奴はおめえに隠れて何かやっていたってことはないか」

「そんな男じゃねえ」

源蔵は否定する。

「あの夜、峰吉は馴染みの女のところに行っていない。行く途中で、誰かのあとをつけた形跡がある。待乳山聖天の脇を隅田川のほうに行くのを見た者がいる。心当たりはないか」

「いえ、あっちには知り合いはいねえ」

源蔵は腕組みをし、

「吉原帰りの男だろうか」

と、呟いた。

「この界隈で、縄張り争いとか、所場代のことで揉めたりとか、おめえたちの兄貴分とのこととか、そういったことは何もないか」

「いえ、ありません。旦那の前ですが、この界隈のやくざを陰で牛耳《ぎゅうじ》っているのは『大黒屋』なんです。『大黒屋』の旦那に逆らっては、この界隈じゃやっていけません。あっしたちは、『大黒屋』の若旦那にくっついていましたから、兄貴たちもあっしたちには一目置いてくれてました」

「その若旦那がいなくなったんで、兄貴分の誰かが峰吉にそれまでの鬱憤《うっぷん》を晴らしたってことはないか」

「ありません。あっしたちは虎の威を借りたりしちゃいません。それに、そうだとしたら、峰吉じゃなく、あっしをやるはずです」

源蔵は言下に否定した。その言葉に説得力があった。

「わかった。何かあったら、なんでもいいから知らせてくれ」

「へい」

源九郎は外に出かけたが、ふと思い出して振り返った。

「おせつはどうしている？　まだ『花川』にいるのか」

「いえ、いません」

「いない？」

「最近、やめたそうですぜ」

「そうか。わかった」

源九郎は外に出た。

三十間堀沿いに木挽橋の方向に歩いた。料理屋や船宿もだいぶ賑わいを取り戻している。昼間から三味線の音も聞こえて来た。

源九郎は『花川』の門を入った。

玄関に立ち、案内を乞うと、奥から女将がやって来た。

「これは柚木さま」

腰を下ろして、女将は挨拶する。

「おせつがやめたそうだが?」

源九郎は確かめた。

「はい。政次さんがあんなことになって、すっかり元気をなくしていましたから」

「どこへ行ったんだ?」

「駒込のほうに親戚があるそうで、しばらくそこに身を寄せて、これからのことを考えると言っていました」

「駒込のどこかわかるか」

「いえ、そこまでは聞いていません。おせつに何か」

「いや。その後、どうしているか気になったのでな」

何日も芝口河岸に行き、立て札を見ていた、あの気丈な女も、政次の葬式をすませて力が抜けてしまったのかもしれない。

「邪魔した」

源九郎は外に出た。


それから、源九郎は舟に乗って山谷堀を目指した。

舟を降り、待乳山聖天に行く。すでに、与市がこの界隈を歩き回っているはずだ。陽は少し西に傾いていた。

待乳山聖天は小高い丘の上にある。そこの石段に向かいかけたとき、背後から声をかけられた。

「旦那」

与市が手下とともに駆け寄って来た。

「今戸町《いまどちょう》の今戸人形の土産物屋の二階に住んでいた長次《ちょうじ》って男が四日前に急に引っ越して行ったそうです」

「どんな男だ?」

「二十代半ばぐらいの中肉中背の男だそうです」

富松に似ているが、そんな偶然があるかと、源九郎は半信半疑だった。

「そこに案内してくれ」

「こっちです」

与市の案内で、今戸橋を渡り、浅草今戸町にやって来た。

与市は通りに面している土産物屋に入って行った。店先には、五重塔や狸《たぬき》、月見兎《うさぎ》などの土人形が並んでいた。

小柄な年寄りの亭主が店先に出て来た。

「長次のことで旦那がききたいことがあるんだ」

与市が言うと、亭主は源九郎に向かって腰を屈《かが》めた。

「いつから、ここに住んでいたんだ？」

源九郎はきいた。

「はい。ひと月ほど前からでございます」

「誰かの世話があってのことか」

「いえ。張り紙を見て、訪ねて来たんです。夫婦ふたりなので、空《あ》いている二階を貸しますと張り紙を出していたものですから」

「男はひとりか」

「はい。ひとりです」

「誰か訪ねてくることは？」

「いえ、どなたもいらっしゃいません」

「仕事は何をしているんだ？」

「行商だとか言ってましたが、詳しいことは話してくれませんでした。とてもおとなしいひとでした」

「毎日、出かけていたのか」

「はい。いつも昼過ぎに出て行って、夕方いったん帰って来て、また夜遅く出かけていました」

「また、出かけた？」

「はい」

「そんときは何時《なんどき》ごろ帰って来るんだ？」

「明け方でございます」

「いつもか」

「はい。そうです。不思議なひとだと思っていました」

「二十三日は、何時ごろ帰って来たか覚えているか」

「はい。さきほど、親分さんにもきかれましたが、あの夜は帰って来ませんでした。次の日の明け方に帰って来て、部屋を引き払うと言い出しました」

「そのときの様子は？」

「はい。なんだか、おどおどしているようでした」

源九郎は与市と顔を見合わせた。

「どうやら、間違いないようだな」

「へえ、そう思います」

長次という男が峰吉を殺したに違いない。

「その男の荷物は何も残ってはいないんだな」

源九郎は確かめた。

「はい。もともと荷物らしいものは何ひとつ持っていませんでしたので」

「そうか。よし、わかった。すまなかった」

源九郎は亭主に礼を言い、店先から離れた。

長次という男と富松の年齢や背格好は似ている。だが、峰吉と富松には接点がない。あえて考えるとすれば、ふたりとも吉原に行っている。そこで、たまたまふたりは出会い、喧嘩になった。その場はそれで収まったが、二十三日に峰吉は吉原に行く途中で富松を見かけた。すると、喧嘩したときの怒りが蘇《よみがえ》り、あとをつけた。

そういう想像も出来るが、吉原で峰吉と富松が出会うという偶然は考えにくい。

やはり、長次を富松と考えるのは無理がある。

いったい、長次とは何者なのか。

源九郎と与市は再び今戸橋を渡り、待乳山聖天の下までやって来た。

「峰吉は浅草田圃《たんぼ》から日本堤に出たか、馬道を通って日本堤に出たか」

金のある者なら舟や駕籠《かご》で行くが、峰吉は当然歩きだ。

歩いて吉原に行くには浅草寺裏の浅草田圃を通り田町《たまち》二丁目から日本堤に出るか、浅草寺の横の馬道を抜けて日本堤に出るか。

箕輪から日本堤を行く道もあるが、峰吉には当てはまらない。

源九郎たちは馬道にやって来た。だが、手掛かりは見つからなかった。

五

七月に入った。

お光が短冊に願いごとを書いた。早く、兄さんに会えますようにと書いてあった。

お光は二階の物干し台に七夕飾りの笹を立てた。

仙太郎もいっしょに物干し台に出た。屋根の上に七夕の笹がたくさん立っているのが見える。

仙太郎も願いごとを書くとしたら、茂平次が早く見つかりますようにと書くだろう。

「早く、兄さんに会えるといいな」

仙太郎は七夕飾りを見つめているお光に声をかけた。

「はい。どこで何をしているんでしょう。ばかな兄さん」

お光は胸の思いを吐き出すように言う。

「おたまさんに会いたいからといって、ひとさまのものに手を出すようなことをしないか、そのことが心配なんです」

「いや。一度会えば、気持ちが落ちついたんじゃないかと思うがな」

「そうでしょうか。兄はおたまさんのことがほんとに好きだったんです。好きで好きでたまらなかったんです。おたまさんが身売りすると聞いて、兄は狂ったように泣きじゃくっていました」

仙太郎は、おたまに会ったことをお光に話していない。

おたまは一年で、すっかり変わっていた。廓の水に馴れただけではない。男を喜ばす手練手管《てれんてくだ》を身につけ、初《うぶ》な女の姿は微塵《みじん》もなかった。

そんなおたまを見て、富松は激しい衝撃を受けたはずだ。別人と化したかつての許嫁を目《ま》の当たりにして、富松は絶望感に襲われたに違いない。

自暴自棄になり、悪い道に足を踏み込んだのではないか。仙太郎が恐れているのは、そのことだ。

「おたまさんが江戸に発《た》ったあと、兄は生きる気力もなくなってしまいました。兄は、一度死のうとしたことがあったんです」

「死のうとした？」

仙太郎は聞きとがめた。

「はい。お寺の裏の雑木林《ぞうきばやし》で首をつろうとしたんです。そのときは、お寺の和尚《おしょう》さんから、一年間働いて金を稼いで吉原に会いに行けばよいと諭《さと》され、兄は一生懸命に働いて金を貯めて江戸に向かったんです」

それほどの思いをして再会したおたまはもう富松の知っている女ではなくなっていたのだ。

まさか……。

富松が首をつろうとしたことがあるというお光の言葉が怒濤《どとう》のように仙太郎の胸に襲いかかった。

「なぜ、お光さんは兄さんを探しに江戸まで出て来たんだね」

仙太郎はきいた。

「なぜって、兄が心配だからです」

「何を心配している?」

「兄はとてもやさしいひとなんです。早く、兄の無事な顔を見たい」

お光はつぶやくように言った。

「ひょっとして……」

仙太郎は言いさした。

「何か」

「いや」

仙太郎は目をそらし、江戸の空にたなびく七夕の笹に目をやった。

お光も内心では、富松の死を恐れているのではないか。

「仙太郎さん」

お光が思い詰めたような声できいた。

「おたまさんに会いたいんです。おたまさんに会えば、兄のことがわかります。おたまさんを探していただけませんか」

「もう少し、待ってくれ。いま、調べてもらっている。なにしろ、吉原には遊女が二千人とも三千人とも言われている。だが、必ず見つかる」

「わかりました。すみません。勝手を言って」

お光は小さくなって謝った。

「そんなことはない。もし、兄さんが見つかったらどうするつもりだ？　八王子に連れて帰るつもりか」

「わかりません」

お光は首を横に振った。

「さあ、部屋に戻ろうか」

「はい」

お光は素直に頷いた。


その夜、仙太郎は八丁堀の屋敷に源九郎を訪ねた。

ちょうど、夕飯をすませ、源九郎は居間でくつろいでいた。

「よく来た」

源九郎は喜んで迎えた。

「兄上。今度、お光さんに会わせてくださいな」

雪江が仙太郎に言った。

「お光？」

覚えず、源九郎を見る。

「雪江になんて言ってたんだ？」

「特別なことは言っていない。ただ、素朴で、清爽《せいそう》なよい娘だと話しただけだ」

源九郎は笑みを浮かべて言う。

「いいか。お光とはおまえたちが考えているような仲ではない。第一、お光とは歳が離れている」

「おいおい、俺たちが考えているとはどういうことだ？　俺たちが何を考えていると言うのだ？」

「ちっ。とぼけて」

「ふたりとも、いいかげんにしてください」

雪江がたしなめた。

源九郎と顔を見合わせて、仙太郎は首をすくめてみせた。

「雪江。酒を持って来てくれ」

源九郎は苦笑しながら言う。

「はい」

と、雪江は立ち上がった。

雪江が去ってから、仙太郎は身を乗り出した。

「じつは、お光の兄の富松のことだ」

「うむ」

仙太郎の勢いに負けまいと、源九郎も真顔を突き出した。

「おたまは以前のような無垢な女ではなかった。まるで、それが本性だったかのように、すっかり男をとろけさす手管《てくだ》を身につけた女になっていた。富松は小菊へと姿を変えたおたまに会って、あまりの変貌振りに絶望したのではないだろうか」

仙太郎は続けた。

「富松は、おたまが吉原に売られて行った直後、首をつろうとしたことがあったそうだ。だとすると……」

「死んでいるかもしれぬと言うのか」

「そうだ」

「うむ」

源九郎は腕組みをした。

「死んだとしたら、おたまに会った直後だろう。富松にはおたまがすべてだった。そのおたまの変貌が富松を死に追いやったのではないか」

源九郎は鋭い顔つきで虚空《こくう》を睨《にら》んでいた。

「どうした？」

仙太郎は訝《いぶか》った。

「こいつは大きな間違いをしていたかもしれぬ。いや、騙されていたのだ」

源九郎は恐ろしい顔つきで言った。

「騙された？」

「仙太郎。お光にきいてくれ。富松の左の二の腕に黒子《ほくろ》があったかどうか」

「黒子だと？」

「そうだ。黒子だ。もし、あったとしたら、富松はすでに死んでいる」

「よし」

仙太郎はすっくと立ち上がった。

「四半刻（三十分）で行って帰って来る」

仙太郎が部屋を出ようとすると、酒肴《しゅこう》を運んで来た雪江とすれ違った。

「兄上、どちらに？」

「いったん、家に帰り、すぐ戻って来る」

呆気《あっけ》にとられている雪江を残し、仙太郎は玄関に向かった。

源九郎のことだ。何かあるのだ。左の二の腕に黒子がある男の亡骸を見ているのに違いない。

仙太郎は江戸橋を渡り、まっすぐ親父橋に向かった。

家に帰ると、まだお光が起きていた。

「お光さん。ききたいことがある」

仙太郎は気を静めて口を開いた。

お光が緊張した表情で頷く。

「兄さんの左の二の腕に黒子があるかえ」

お光は息を呑んだ。そして、

「あります」

と、はっきり言った。

「そうか。あるのか」

「兄のことで何かわかったんですね」

「いや、まだ」

仙太郎は言いよどんだ。

「お願いです。教えてください。ひょっとして、兄は……」

「お光さん。驚かないできいて欲しい。兄さんの富松はすでに死んでいるかもしれない」

一瞬、気を失ったかのように、お光は体を崩した。

「だいじょうぶか」

あわてて、仙太郎はお光の体を支えた。

はっとしたように、お光は目を向けた。虚《うつ》ろな目だ。

「兄は死んでいたのですね」

お光は低い声で呟くように言う。

「まだ、はっきりとしたわけじゃない」

「いえ、兄は死んだんだと思います。ひと目、おたまさんに会ってから死のうと決めていたのに違いありません」

「なぜ、そう思うのだ？」

「江戸に出立するときの兄の寂しそうな顔が目に焼きついています。そのとき、兄は死ぬんじゃないかって思ったんです。だから、兄さん、死んじゃだめって訴えました。兄は、そんなばかなことは考えていないって言いました。でも、私は……」

感情が激してきたのか、お光は急に嗚咽《おえつ》をもらした。

仙太郎はお光の体を静かに引き寄せた。お光は仙太郎の胸に顔を埋《うず》めて思いきり泣いた。泣くに任せたまま、仙太郎はいとおしげにお光の体を抱きしめていた。

六

ふつか後、奉行所から寺社奉行に申し入れをし、墓を暴くことの許しを得て、源九郎は海雲寺の墓地に来ていた。

「よし、はじめてくれ」

与市の掛け声で、鍬《くわ》や鋤《すき》を持った男たちが土を掘り起こしはじめた。

土はまだやわらかいので、どんどん掘り返されていく。

座棺が出て来た。ふたをこじ開ける。

異臭が漂う。夏場なので腐乱が早い。

お光に見せるのは酷だった。代わって、仙太郎が死体を調べた。左の二の腕に確かに黒子がある。

さらに、お光から聞いた額の生え際や肩の傷を調べた。子どもの頃に木に飛び移ろうとして枝が折れ、右肩に突き刺さった。そのときの跡が残っているという。

死体を覗き込んでいた仙太郎がようやく立ち上がった。

「肩の傷はあった。間違いない。富松だ」

仙太郎は沈んだ表情で言った。

「やはり、そうだったか」

おせつにたばかられたのだ。

「これで、はっきりした。政次は生きている」


それから、源九郎は与市やその手下と共に手分けして、浅草寺奥山から今戸、橋場にある料理屋、茶店を調べた。おせつを探したのだ。

木挽町からこの付近の料理屋に移ったというのが源九郎の考えだった。

その日、成果はなく、探索は翌日も続けられた。だが、手掛かりは得られなかった。

午後になって、源九郎は待乳山聖天で、与市と落ち合った。

「旦那。だめです。どこにも、おせつはいません」

「こっちもだめだ。あとは、田原町《たわらまち》だな」

そう言いながら、考えが外れたかと源九郎は気弱になったが、ともかく田原町に行ってみることにした。

花川戸から雷門前を通り、田原町にやって来た。

料理屋、そば屋、うどん屋、なんとか餅などの店が並び、雷門前の通りはひとで賑わっていた。

田原町三丁目に『浪川屋《なみかわや》』という料理屋があった。そこの門をくぐった。

玄関で呼びかけると、小柄な女将が出てきた。源九郎を見て、あわてて畏《かしこ》まった。

「これは旦那」

「忙しいところをすまないが、ちょっとききたいことがある」

源九郎は切りだした。

「このふた月ほどの間に新しく雇った女中はいないか」

「はい、おります」

女将は不安そうに答える。

「名は？」

「おまさです」

「おまさ？」

政次の政をとったのか。

「どんな顔だちだ」

「目鼻だちの整ったきれいなひとです。やせて、首が長くて……」

おせつの風体と合っている。

「いま、おまさはいるか」

「いえ、急にやめました」

源九郎はきいた。

「やめた？」

「はい。器量がいいので、お客さんから人気があったんですけど」

女将は残念そうに言う。

「なぜ、やめたのか」

「急に国に帰らなければならなくなったと申しまして」

やめた時期は峰吉が殺された直後だ。

「どこへ行ったか、わからないのか」

「はい」

「働いているときの様子はどうだった？」

「はい。真面目に働いておりました」

「男はいなかったか？」

「お店では堅いことで通っていましたが、いいひとがいるようでした」

「おまさは住み込みか」

「いいえ、阿部川町《あべかわちよう》の長屋から通っておりました。私どもが長屋を世話しました」

その場所を教わり、源九郎と与市は阿部川町に向かった。

東本願寺前を通り、新堀沿いに広がる阿部川町にやって来た。

長屋はすぐにわかった。与市が先に長屋木戸に入った。

とば口の家から出て来た女房ふうの女に与市は声をかけた。

「おまさという女が住んでいたのはどこだえ」

「隣ですよ」

「そうかえ、おまえさんの隣か。ちょうど、よかった。おまさとは何度か顔を合わせたことはあるのかえ」

「ええ、お店に行くときには顔を合わせるから、挨拶ぐらいしましたけど」

女は源九郎のほうに顔を向けて答えた。

「おまさの所に男が訪ねて来たことがあるかえ」

与市が続けて訊ねる。

「あるどころか、毎晩夜遅くやって来て、明けがたに帰って行きましたよ」

「どんな男か、見たことはあるかえ」

「ええ、明け方引き上げるところを見たことがあります。二十代半ばぐらいの苦み走ったいい男でした。中肉中背でしょうか」

「夜やって来て泊まって行くのか」

「そうです。だいたい、先に来て、お店から帰るおまささんを待っていました」

女は口許に笑みを浮かべ、

「毎晩、激しいったらありゃしないんですよ。若いってのはうらやましいですよね。うちの亭主なんか、仕事で疲れて帰って……」

「おいおい」

与市がたしなめる。

「あら、私、何言っているのかしら。ごめんなさい」

あわてて、女は口を押さえた。

「その他に、何か気づいたことはあったかえ」

「いえ」

女は言ったあとで、

「そう言えば、男のひとは、おまささんのことをおせつって呼んでましたよ」

「おせつか」

与市は源九郎に顔を向けた。

「おまさがどこに引っ越して行ったか聞いてはいないか」

源九郎がきいた。

「いえ、ただ、国に帰ることになったということだけでした」

もうこれ以上、きくことはなさそうだった。

「すまなかったな」

与市が女に言い、

「今晩はご亭主にたっぷりと可愛がってもらうんだな」

と、付け加えた。

いやだあと大声で言い、女は家に引っ込んだ。

大家にも話を聞いたが、新しいことは聞けなかった。

新堀川に出てから、

「おまさはおせつに間違いありませんね」

と、与市が言った。

「男は政次だ。政次は生きていると考えていいだろう」

源九郎は忌《い》ま忌《い》ましげに言う。

「おせつが毎日、立て札を見に来ていたのは、政次に歳や背格好が似た水死人を探すためだったんですね」

「そうだ。政次とおせつは春之助から逃れるには春之助を殺さなければならないと考えた。だが、春之助が死ねば、源蔵らは必ず政次に疑いを向ける。それで、死んだことにしようと、あんなことを企《たくら》んだのだ」

「でも、もし、格好な死体が見つからなかったらどうするつもりだったのでしょうか」

「見つかるまで、毎日続けるつもりだったのだろう。あるいは、見つからなくても、政次が死ぬかもしれないと思わせるだけでよかったのかもしれない」

源九郎は政次の心を推し量った。

「だが、悪いことは出来ないもので、峰吉に見つかってしまったんですね」

「そうだ。峰吉は吉原に行く途中で政次を見かけた。最初は半信半疑だったに違いない。だから、こっそりあとをつけたのだ。だが、今戸の家に帰り着いたとき、政次は尾《つ》けられていたことに気づいた。そして、相手が峰吉だということがわかった。それで、匕首を懐に呑んで、もう一度家を出て、隅田川のほとりに誘《おび》き出して殺したのだろう」

「政次は匕首を持っていたんですね」

「もともと、やくざな男だったのかもしれない」

「それにしても、なぜ、浅草なんかに逃げて来たんでしょうか。もっと、遠くへ行けば、峰吉に見つからなかったのに」

「自分は死んだことになっているので、油断したのかもしれない。峰吉殺しだって、最初は政次の仕業とは思わなかったのだ。お光の兄富松のことがなければ、政次のことはまったく考えなかっただろう」

「そうですね」

与市は頷き、

「いったい、ふたりはどこへ行ったのでしょうか」

と、嘆息した。

「浅草からさらに離れたとしたら、本郷・小石川、あるいは根津《ねづ》、巣鴨《すがも》、駒込、王子か……。おせつは料理屋で働くしかないだろう。まだ、からくりがばれたとは思っていないはずだ。必ず、見つけ出す」

源九郎は般若の形相で吐き出した。

第三章　谷中の隠れ家

一

天王寺《てんのうじ》境内《けいだい》にある料理屋『春名《はるな》』の裏口を見通せる銀杏《いちよう》の樹の陰に男の姿があった。月明かりの影になっていて、暗がりが男の姿を消していた。

五つ半（午後九時）になって、『春名』の裏口から女が出て来た。おせつだ。下駄を鳴らして、銀杏の樹に近づいて来た。そして、暗がりに向かって呼びかけた。

「政さん」

男は暗がりからぬっと出た。政次である。

「待った？」

「いや、そうでもねえ」

とは言ったが、おせつの帰りはいつもより四半刻（三十分）ほど遅かった。

「お客さんがなかなか帰らなくて」

おせつは酒臭い息を吐いた。

「だいぶ呑まされたな」

「ええ。しつこいんですもの。いやな、客。さあ、帰りましょう」

政次とおせつは谷中八軒町《やなかはちけんちょう》にある長屋に向かった。つい、辺りに目をはわしていた。

峰吉に見つかったのは迂闊《うかつ》だったと、いま思い出しても体が震える思いがする。

万が一、おせつが誰かに見つかっても、いっしょに暮らしていなければこっちのことはばれないと思い、わざと別々に住まいを持ち、夜の間だけ、おせつのところで過ごす生活をしてきた。

それなのに、あの夜はたまたま観音さまにお参りに行った帰りだった。今戸に借りている家に着いたとき、誰かにつけられていたことに気づいた。

二階の部屋の窓から外を見て、つけて来た男が峰吉だと知って、政次は脳天をこん棒で殴られたような衝撃を受けた。

このまま峰吉を帰したら、せっかく自分が死んだと偽ったことが無駄になってしまう。そう思ったとき、夢中で匕首《あいくち》を懐に入れて、再び家を出た。

峰吉がつけて来た。

そして、隅田川沿いまで誘《おび》き出し、暗がりに身を隠した。峰吉は辺りをきょろきょろ見回していた。

そこに、いきなり襲いかかって、腹を刺したのだ。ふいを食らって、峰吉は目を剝《む》いて叫んだ。

「政次。てめえ、生きていやがったのか」

腹を押さえながら言うのに、政次はさらに心の臓目掛けて匕首を突き刺した。

不思議なことに、春之助のときに比べ、ひとを殺すのにあまり抵抗感はなかった。春之助のときは恐怖感が勝《まさ》ったが、峰吉のときはなんとか危機を乗り越えねばならないという必死の思いだけだった。

上野山の隣で、闇の中に寛永寺《かんえいじ》の伽藍《がらん》が浮かんでいるのがわかる。

政次はもう一度、辺りを見回した。暗い路地も、小さな寺の脇の暗がりにも、怪しいひと影はなかった。

俺のことに気づいたのは峰吉だけだ。だから、もう心配はない。そう思いつつも、何があるかわからない。

江戸を離れられたら誰にも見つからないだろうが、おせつは江戸を離れたくないと言う。また、地方に出て仕事があるかどうか心配だ。

いつまでも、おせつを料理屋で働かせておくわけにはいかない。

長屋に帰って来た。

おせつは店でもらって来た料理の残り物を広げ、酒の支度をしてくれた。

「そろそろ、どこかに働きに出ようと思う」

政次は静かに切りだした。

「でも、どこで職人仲間に会うかわからないわ。もう、指物師《さしものし》は無理だと思うけど。焦らなくていいわ。それまで、私が働くから」

だが、政次は気になるのだ。第二の春之助が出ないとも限らない。

おせつは男好きのする顔だちをしているし、愛想がいいから相手に誤解を与えかねない。春之助にしても、おせつが自分に惚れていると勘違いしたのだ。そう思わせてしまうものを、おせつは持っているのだ。

今夜もしつこい客がいたと言っていた。いまのところで働きだして、そんなに日は経っていないのに、もうおせつに目をつけた客がいるのだ。

「どうしたの、黙ってしまって」

「やはり、江戸を離れなければ心配だ。江戸を離れよう」

「だいじょうぶ。半年もすれば、政さんのことなんか忘れるわ。それまでの辛抱《しんぼう》」

おせつはなぐさめるように言う。

「半年か……」

「ずっと家にいちゃ気が塞《ふさ》ぐのも無理はないわ。そうだ。きょうお客さんに聞いたんだけど、谷中界隈《かいわい》のなんとかというお寺で賭場《とば》が開かれているそうよ。たまには遊んで来たら。こっちのほうなら知ったひとはいないでしょう」

「博打を勧めるのか」

政次は意外そうにきいた。

「そりゃやめてもらいたいけど、たまには気晴らしが必要かと思って」

「いや。やめておこう」

「どうして？」

「賭場に顔を出すと、やみつきになって何度でも行くようになる。そしたら、知った奴に会うかもしれない」

すでにふたりを殺しているのだ。捕まれば死罪は免《まぬが》れない。おそらく獄門だろう。また、源蔵たちに見つかったら仕返しを受ける。春之助と峰吉の敵になるのだ。

政次はそのことを恐れた。

おせつはにじり寄って来て、政次の肩に寄り掛かり、

「もう少し辛抱して。そしたら、きっと大手を振ってお天道様《てんとうさま》の下を歩けるようになるわ。わかったわね」

おせつは弟をいたわるように言った。

すべての筋書きはおせつが作ったのだ。あるとき、おせつがこう言った。

「春之助という男が私を自分のものにしようとしているの。助けて」

おせつはすがるように言った。

春之助は『大黒屋』の伜だが、父親はあの界隈のならず者にも一目置かれるような男だった。金で、やくざを飼い馴らしているのだ。

どうしても、春之助から逃れられない。しかも、春之助は源蔵や峰吉たちを使い、政次に脅しをかけてきた。

「おせつと別れなきゃ、どうなっても知らねえぜ」

源蔵は手足の骨を折り、二度と使い物にならないようにしてやると言うのだ。

おせつと政次は追い詰められていた。

そんなとき、おせつが言い出したのだ。

「春之助を殺すのよ。それしかないわ」

「殺す！」

おせつは大胆なことを言ったのだ。

すでにおせつと離れられなくなっていたので、政次は引き受けるしかなかった。

そして、おせつに言われるがままに、春之助を襲ったのだ。

春之助がおせつとの待ち合わせ場所の本願寺橋にやって来て、おせつと会っていたところを背後から襲ったのである。春之助にはひとりで来て欲しいと、おせつが伝えていた。

春之助は油断していた。背後から近づき、手拭いをまいた拳で春之助の頭を思いきり殴った。

春之助は一瞬気を失ったようだった。すぐに、堀端まで連れて行き、川面に顔を押しつけて窒息させたのだ。

それから、堀に放り投げた。春之助の草履《ぞうり》をわざと片方、橋の上に置き、あたかも誤って欄干を飛び越えて落ちたように見せかけた。

だが、これで奉行所が事故だと判断してくれるとは思わなかった。殺しだとわかってもよいのだ。

結果的には奉行所は事故と判断した。おそらく、源蔵たちがそのように証言したのだろう。奉行所が政次に疑いを向けなかったのも、源蔵たちが口裏を合わせたからだ。もちろん、政次を助けようなどと思ったわけではない。

自分たちの手で、仕返しをするためだ。そうしなければ、『大黒屋』の大旦那の手前、自分たちの顔が潰れるからだ。

「政さん」

おせつの髪の甘い香りが鼻をくすぐる。

「おせつ」

政次はおせつを抱き寄せた。

熟れたおせつの豊満な肉体が政次の運命を大きく変えたのに違いない。おせつと出会いさえしなければ、政次はいまも指物師として親方のところに通っていたことだろう。いや、手慰みを覚えたときから、政次の堕落ははじまっていたのかもしれない。

政次は何もかも忘れるようにおせつの着物の裾を割り、そして帯に手をかけていた。

翌日の昼前、おせつが出かける支度をしていた。

「今夜も遅くなるのか」

政次はなんとなく不機嫌そうになる。

「なるたけ早く帰って来るわ」

「また、きのうのしつこい客が来るんじゃないだろうな」

「毎日は来ないわ。じゃあ、行って来るわね」

駄々っ子をなだめるように言い、おせつは出かけて行った。

ひとりになると、春之助の顔を思いきり堀に押しつけたときの手の感覚や、峰吉を刺したときの、切っ先が相手の腹部に突き刺さる感触が蘇《よみがえ》って来る。そのたびに、政次は大声を上げそうになった。

おせつを守るためにやったこととはいえ、自分はひと殺しになったのだ。ひとを殺したという衝撃が去ると、今度は不安が押し寄せる。

峰吉殺しの探索がどうなっているのかが気になった。まさか、死んだはずの俺の仕業だとは誰も思わないだろうが、ほんとうにそうだろうか。

源蔵たちの様子も気になる。木挽町にこっそり行ってみようかと思ったが、だめだと、政次は自分に言い聞かせた。

いまはよけいな真似をしないほうがいい。峰吉の例もある。江戸は広いようで狭い。いつ、誰に出会うかもしれない。

ずっと家にいると気が塞ぐし、まだ残暑が厳しく、家の中は暑い。

政次は家を出た。寛永寺に行ってから、谷中の墓地を抜けて天王寺のほうに向かった。

参道には茶屋や料理屋が数軒ある。

元禄《げんろく》のころから、この門前町に水茶屋や料理屋ふうの店が立ち並んでいた。その店の女たちは前掛けをかけた給仕女だったが、じつは私娼だった。谷中の茶屋はいろは茶屋と呼ばれた岡場所だった。

二年ほど前に、天保の改革でいろは茶屋は潰され、女たちは吉原へ送られてしまった。

だが、忠邦が失脚後、ぼちぼち料理茶屋も復活した。もちろん、私娼はおかない。

しかし、もとはいろは茶屋があったところだけに、政次は心配だった。

政次はおせつが働く料理屋の前に出た。どんな顔で、おせつは客と接しているのか。なぜか、気になる。

ちょうど、武士が料理屋に入って行くところだった。

短足の男だ。猪首《いくび》で、肩の筋肉が盛り上がっている。

その武士が玄関に入ると、女将が歓迎していることがわかった。それほど風采の上がらぬ男に見えるが、上客らしい。

政次はそこから離れた。三崎《さんさき》坂を下って行く途中に居酒屋があった。

政次は誘われるように暖簾《のれん》をくぐった。職人体の男がふたり、行商の男らしいのがひとり、別々の卓に向かって酒を呑んでいた。

政次はとば口の樽椅子《たるいす》に腰を下ろした。

「酒をくれ。冷やでいい」

小女《こおんな》に言う。

すぐに酒が運ばれて来た。

手酌で酒を呑んでいたが、行商の男がこっちをちらちら見ているような気がした。

政次は警戒した。覚えのない顔だ。

すると、職人体の男がこっちに顔を向けた。政次は落ち着かなかった。気のせいだと思っていても、向うが自分を気にしているように思えてしまう。

政次は銭を払って、早々と居酒屋を出た。

外はすっかり暗くなっていた。

長屋まで戻るのも面倒なので、また天王寺のほうに向かった。闇の中に五重塔が浮かんでいる。

ぶらぶらしながら時間を潰し、五つ（午後八時）の鐘をきいて、例の銀杏の樹のところに向かった。

参道に下駄の足音が聞こえたが、横をそのまま素通りして行く。

やっと、おせつが下駄を鳴らしてやって来た。

「ごめんなさい」

酒臭かった。

「また、呑まされたのか」

「ええ。きのうのお客がまた来たの。ほんとうにしつこくて」

「ひょっとして、侍じゃないのか」

「えっ？」

おせつが眉根を寄せた。

「どうして、それを？」

「やっぱし、そうか」

短足の武士の後ろ姿を思い出し、

「店に入って行くのを見かけたのだ」

と、政次は吐き捨てた。

「だいじょうぶよ。ただ、面白いひとなの。それだけよ」

おせつは政次の腕にしがみつき、さあ、帰りましょうと言った。

しかし、政次はその武士が気になってならなかった。

二

仙太郎はお光とともに、海雲寺で改めて、富松の葬式を出した。

政次として葬られていたほとけは、改めてほんとうの名の富松になって墓標を立てられたのだ。

お光は長い間、墓標の前で合掌していた。

「兄さん。私、ひとりぼっちよ。どうして死んじゃったの」

雨がぽつりぽつりと降って来た。だが、濡れるに任せて、お光は手を合わせていた。

そばで見守る仙太郎の髪や顔も雨に濡れていた。

やっと、お光は立ち上がった。

そして、仙太郎の顔を見ると、いきなり嗚咽《おえつ》をもらした。仙太郎は肩に手をやった。

「泣きたいだけ泣くんだ」

お光は仙太郎の胸に顔を埋めて泣きじゃくった。

雨はしとしとと降っている。

「さあ、行こうか」

いっとき泣くに任せてから、仙太郎はお光に言った。

小雨に煙る永代橋を渡り、鎧《よろい》河岸《がし》を通って、堀江町四丁目の家に帰って来た。

婆さんが手拭いでお光の髪や着物を拭いてやる。

政次の行方はいまだにわからないようだ。もちろん、おせつといっしょだ。だが、源九郎が言うように、おせつが働くとしたら料理屋だ。

浅草からそれほど遠くない場所だという考えは外れていないと思う。政次は死体のからくりがばれたとは思っていないはずだからだ。

仙太郎も手拭いを使いながら、政次の行方を考えて見た。

浅草からさらに行くとなると、湯島や池之端《いけのはた》は近すぎる。小石川、護国寺《ごこくじ》、巣鴨、駒込、王子といった場所も考えられるが、自分たちは追われているとは考えていないはずだ。だとすれば、それほど遠い場所ではない。不忍池《しのばずのいけ》の向う、すなわち本郷、根津、谷中……。

仙太郎は着物を拭く手をふと止めた。

根津か谷中か。このいずれかのような気がした。

その夜、夕食をとり終わったあと、お光が深刻そうな顔で話があると言った。

仙太郎は居間でお光と向かい合った。

「兄のことが片づきました。いろいろありがとうございました」

お光は頭を下げた。

「こんなことになって、さぞ力を落としただろうが、これからは兄さんのぶんまで一生懸命に生きなきゃだめだ」

「はい」

お光は青ざめた顔で言ってから、

「兄のことが済んだいま、私はこの家にいつまでもご厄介《やっかい》になっているわけにはまいりません。そろそろ、どこかに移ろうと思います」

と、悲しげな目を向けた。

「何を言い出すのかと思ったら、そんなことを考えていたのか。いいんだ。ここにいろ」

「でも」

「ここは婆さんと俺だけだ。気兼ねなどいらない」

「でも」

また、お光は、でもと言った。

「でも、なんだ？」

「私がいたんじゃ、仙太郎さんの……」

「俺の？」

「はい。仙太郎さんのいいひとが、この家に入りづらいんじゃないかと思って」

お光は意を決したように言った。

「どういうことだえ」

「仙太郎さんには許嫁がいらっしゃるんでしょう」

「許嫁？」

仙太郎はいきなり笑いだした。

「なんだ、急にそんなことを言い出して。誰がそんなことを言ったんだ？」

「仙太郎さんが町を歩くと、女のひとがいつも仙太郎さんに熱い眼差しを向けています。でも、仙太郎さんはそんなことをいっさい取り合わないでしょう。きっと、こころに決めた女のひとがいるからだと思ったんです」

お光は真剣な顔つきで言った。

「それに、ときたま、仙太郎さんは夜出かけて行きます。きっと、女のひとのところに行くんだろうって」

「そんなことを考えていたのか」

仙太郎は苦笑した。

「そんなのいないから、安心しなさい。それに、夜出かけるのは、源九郎のところに行くのだ。女のところではない」

お光は目を輝かせた。

「そうなんですか」

「そうだ。それとも、ここがいやになったのか」

「違います。いやじゃありません」

お光は首を激しく振った。

「それなら、なおさらここにいるんだ。わかったね」

「はい」

見る見るお光の顔色が明るくなった。

「そうだ。明日、どこか遠出をしよう」

「えっ、ほんとうですか」

「どこか行きたいところがあるか」

「はい。谷中の五重塔を見てみたいんです」

「ほう、そんなものが見たいのか」

「はい。田舎にいるとき、江戸からやって来た行商のひとが谷中の五重塔の自慢をしていたんです。一度、見てみたいと思ってました」

「そうか。よし、そこに行こう」

仙太郎も久しぶりに心が浮き立つ思いがした。

台所から、婆さんがにこやかな顔をお光に向けていた。

翌朝、仙太郎とお光は家を出た。

昨日の雨は夜半には止《や》み、朝から明るい陽差しが射していた。降った雨の量は多くなかったので、道はぬかるむほどではなかった。

本町から須田町を通り、筋違《すじかい》御門を抜けて御成《おなり》街道を下谷広小路に向かう。さらに三橋を渡り、不忍池の東岸を行った。

「わあ。きれいだこと」

お光は池に見とれている。

それから、谷中にやって来た。そして、五重塔が見えて来た。

いまは天王寺というが、天保四年までは感応寺《かんのうじ》という名だった。ここに五重塔が建立《こんりゅう》されたのが正保《しょうほう》元年（一六四四）。だが、明和《めいわ》九年（一七七二）の火事により焼けてしまった。その後、寛政《かんせい》三年（一七九一）に再建。上野寛永寺、浅草寺、増上寺と並んで、感応寺の五重塔は江戸で評判をとった。

総けやき造りの素朴な美しさの五重塔を、お光は息を詰めて見ていた。

「きっと、兄もここに見に来たんだと思います」

息を詰めて見ていたお光がふっと溜め息をもらしてから言った。

富松も江戸の行商人の話を聞いていて、ぜひ五重塔を見てみたいと言っていたという。

昼を過ぎた。仙太郎は天王寺境内にある料理屋『春名』にお光を誘った。

二階の座敷の窓から日暮《ひぐ》らしの里《さと》の道灌山《どうかんやま》、さらには飛鳥山《あすかやま》、はるけく筑波山《つくばさん》が望めた。

お光は感嘆して風景を飽かずに眺めている。

美しく色っぽい女中が料理を運んで来た。

雀《すずめ》焼きに鯉《こい》こく、豆腐料理などであった。

女中が去ったあと、お光が呟《つぶや》くように言った。

「とてもきれいな方ですね」

確かに色っぽい女だった。だが、いまの女が絢爛《けんらん》たる装飾を施した派手な美しさだとしたら、お光は感応寺の五重塔のような総けやきの素朴な美しさがある。俺は素朴な美しさのほうが好きだと、仙太郎は心の内で呟いていた。

三

数日後の夜も、おせつは酔っぱらって帰って来た。

「また、いつもの侍が来ていたのか」

政次は顔をしかめた。

「そうなの。勧めるのが上手なので、つい度が過ぎてしまうわ」

政次は口許を一文字に嚙みしめた。

「どうしたの?」

おせつがきく。

「ずいぶん、楽しそうだな」

政次はつい乱暴な口調になった。

「なんでもないのよ。ただの面白いお客さんよ」

政次は何も答えなかった。

そのまま、押し黙ったまま、長屋に帰って来た。

「ねえ、何を怒っているの?」

おせつが甘ったるい声を出した。

「別に」

「お客さんのことね。そうなのね」

おせつは政次の顔を覗き込む。政次はわけもなくいらだった。

「なんていう侍なんだ?」

「本庄茂平次っていうの。つい最近まで南町奉行だった鳥居さまのご家来だそうよ。女将さんが言うには、本庄さまにいろいろ手心を加えていただいたから、ご改革の真っ只中でも廃業しないですんだらしいの。だから、無下に出来ないのよ」

「無下に出来ない？　じゃあ、その茂平次がおめえにちょっかいかけて来ても無下に出来ないってことか」

「そんなことないわ」

「おめえ、茂平次といっしょだと楽しそうじゃねえか」

「それは、あのひとは話が上手で、面白いひとなの。だから、いつも笑わせられている。でも、それだけよ」

「ふん。どうだかな」

「妬《や》いているの？」

「別に」

「政さんにそんなふうにされたら、私、悲しくなっちゃうわ」

おせつは政次の肩に顔をおしつけた。

なぜ、こんなにいらだっているのだと、政次は自分でも考えた。やはり、何もしないで、じっと家に閉じこもっているのがいけないのだ。

仕事がしたい。指物師が俺の仕事なのだ。

「おせつ。すまなかった。ちょっと、いらだっていたんだ」

政次はおせつの体を抱いた。

「ねえ。本庄さまに、奉行所の様子を調べてもらいましょうか」

「奉行所の様子？」

「ええ。峰吉の件がどうなったか。いまは、奉行所と関わりがなくなったようだけど、知り合いはたくさんいるのよ。ねえ、調べてもらいましょうよ」

心は動いたが、政次はすぐに思いなおした。

「だめだ。そんな男に頼みごとをしたら、あとでどんな見返りを持ち出されるかもしれない。それに、へたな頼みごとをすれば、かえって藪蛇《やぶへび》になる。俺たちの秘密を嗅《か》ぎつけられてしまう」

そうなったら、おせつを自由にしようとするはずだ。男なんてのはそういうものだと、政次は顔を歪《ゆが》めた。

「政さんがそう言うなら仕方ないけど。でも、調べてもらったら、安心でしょう。まさか、政さんが生きていると思うひとは誰もいないでしょうけど」

「おせつ。俺が自分で調べる」

「えっ、政さんが？」

「そうだ。木挽町界隈を歩き回って来る」

「だめよ。源蔵たちに見られたらなにもかも台無しになるわ」

「心配ない。この長屋に印肉《いんにく》売りの男がいる。うまく話をつけて道具を借りて、印肉売りの姿で歩いてみる」

印肉売りは笠をかぶる。うつむいて歩けば人相はわからないだろう。よしんば見られても、似ている人間と思われるだけだ。

「でも」

おせつは心配そうに言う。

「だいじょうぶだ。家の中で、何もしないでいるほうがよっぽど体に悪い」

政次はもうその気になっていた。

おせつは諦めたように溜め息をついた。

翌日の昼前、おせつが店に出てからしばらくして、政次は笠をかぶり、縞《しま》の着物を尻端折《しりはしょ》りし、印肉の入った箱を手にして長屋を出た。

印肉売りの男は日銭ぶんを出すと言うと、理由もきかずに貸してくれた。きょうは遊んでいられるので喜んでいるのだ。

不忍池の東岸から下谷広小路に出た。印肉売りは各家々をまわって売る。大道で売ることはないので、黙って歩いていても怪しまれない。

日本橋を渡り、京橋に近づくと、心の臓の鼓動が激しくなった。恐ろしくなった。やはり、笠をかぶっていても、源蔵や指物師仲間、それに大家ら長屋の者に会ったら、政次だと気づかれる可能性が大きい。

政次はそれ以上進む勇気はなかった。京橋を渡らず踵《きびす》を返した。

日本橋に戻ってから、ふと自分の墓のことを思い出した。深川の海雲寺という寺だ。

足が永代橋に向かった。なぜ、墓に行こうとしたのか。自分の墓を見てみたいという好奇心か。

永代橋を渡り、熊井町に入った。そして、海雲寺はすぐに見つかった。

山門を入る。正面の本堂の裏手が墓地になっている。政次はそっちに行った。だが、墓がどこだかわからない。

墓守《はかもり》らしき男が掃除をしている。政次はその男に近づいた。

「ちょっとすいません」

墓守は箒《ほうき》を持つ手を止めた。

「なにか」

かなり年配の男だ。

「へえ。じつはこの五月ごろ、政次ってひとが川に身を投げて、こちらに葬られたと聞きました。その墓がどこか、わかりやせんか」

「政次……」

墓守は小首を傾《かし》げた。

「ひょっとして、大川に浮かんでいた男かね」

「そうです。その男です」

「あれは違ったそうだ。ひと違いだったらしい」

「えっ、どういうことですかえ」

政次は一瞬、息が詰まりそうになった。

「何日か前に政次って男の墓を、奉行所の役人がやって来て掘り起こした。それで、ひと違いだとはっきりしたそうだ」

目の前がいきなり真っ暗になり、体が揺れた。倒れそうになったが、足を踏ん張ってなんとか支えた。

「じゃあ、死んだのは政次じゃねえんで？」

「そうだ。あの頃、別に川に飛び込んで死んだ男がいたそうだ。それと、取り違えたってことだ」

「そうですかえ。どうも」

政次は逃げるように踵を返した。

山門を出て、政次は永代橋を渡らず、佐賀町《さがちょう》に入り、北に向かった。仙台堀を越え、小名木川《おなぎがわ》にかかる万年橋を渡り、竪川《たてかわ》に向かった。ときどき、足がもつれ、つんのめりそうになった。

両国橋を渡ろうとしたが、向うから岡っ引きらしき男がやって来たのであわてて足の向きを変えた。

大川沿いを吾妻橋に向かった。

俺が生きていることは知られているのだ。峰吉殺しも、俺の仕業だとばれている。どうしたらいいんだと、政次は動揺した。

「おい」

後ろから呼ぶ声がした。政次ははっとした。

「待てよ」

政次は立ち止まった。足音が近づいて来る。

振り返って、あっと声を上げそうになった。岡っ引きの手下のようだ。

「これ、落としたぜ」

男が手拭いを差し出した。あわてて、腰に手をやった。帯にはさんでいた手拭いがなかった。

「これは申し訳ございません」

政次は腰を屈めて手拭いを受け取った。

笠の下の顔を覗こうとしているので、政次はもう一度深々と頭を下げた。

「急いでいるので失礼します」

政次は踵を返した。途中で、背後の様子を窺《うかが》うと、男はまだ立っていた。政次は手のひらに汗をびっしょりかいていた。

吾妻橋を渡り、上野山下から不忍池の東岸をまわって谷中八軒町の長屋に帰って来たのは夕方だった

印肉売りの商売道具を返してから、家の中でこれからのことを考えた。

部屋の中は真っ暗だ。行灯《あんどん》に灯《ひ》をいれる気にもなれない。

からくりはすべてばれた。春之助の死も、峰吉殺しも政次の仕業であり、おせつ

も手を貸していると決めつけているはずだ。

逃げなければならない。すぐ近くまで探索の手が伸びているような恐怖が襲いかかった。天窓からの月明かりを頼りに、政次は徳利を探した。そのまま口に持っていった。酒を口に含む。こぼれた酒が喉に流れた。

早く、おせつに話さなければならない。政次は焦っていた。じっとしていられず、家を飛び出した。

天王寺境内にある『春名』の裏手にやって来た。まだ、仕事を終える五つ（午後八時）までだいぶ時間がある。

塀越しに二階の座敷が見えた。障子にひと影が見えた。女のようだが、おせつかどうかわからない。

ふと、障子が開いた。侍が顔を覗かせた。あの男だ。本庄茂平次だ。すると、おせつがそこにいる。

覚えず、おせつと呼びかけようとしたが、政次は思い止《とど》まった。

障子が閉まった。ふたりだけの座敷で、おせつは茂平次に言い寄られているのではないか。

政次は唇を嚙みしめた。

おせつが銀杏の樹のそばにやって来たのは、やはり五つ半（午後九時）を過ぎていた。だいぶ、呑まされたようだ。

「ごめんなさい」

「また、あの侍が来ていたようだな」

「あら、知っていたの？」

「それより、たいへんなことになった。亡骸が身代わりだということがばれた」

「えっ、どういうこと？」

「海雲寺の墓に行ってみた。そしたら、最近、奉行所の人間が墓を掘り返したそうだ。墓守の話じゃ亡骸を取り違えていたってことだ」

「じゃあ、政さんが生きていることを……」

「当然、おめえと俺がぐるだということもばれちまっている」

「どうしよう」

「逃げるしかねえ」

「逃げるったってどこへ」

「江戸を離れるしかねえ。ともかく、帰るんだ」

政次がおせつを引き立てるようにして銀杏の樹から離れようとしたとき、

「待ちな」

と、暗がりから声がかかった。

政次は息が詰まりそうになった。

ぬっと男が現れた。猪首で、短足。その姿形で、政次は男が何者であるかわかった。

「本庄さま」

おせつが声を出した。

「話を聞かせてもらったぜ」

茂平次はにやにやしていた。政次は懐に手を突っ込んだ。だが、匕首は持って来ていなかった。

「おまさ、いやおせつ。どうも、おまえには間夫《まぶ》がいるような様子だったのでな。今夜、こっそりおまえのあとをつけようとしたのだ」

茂平次が近づいて来た。

「俺が手を貸そうじゃないか」

「なに」

政次は警戒した。

「いい。俺たちに関わらないでくれ」

「ほう。じゃあ、俺が奉行所に訴えてもいいっていうのか」

茂平次は陰険な顔つきで迫って来た。

「おせつは俺の女だ。渡せねえ」

「いまはそんなことを言っている場合じゃないぜ。明日にも追手がやって来るかもしれない」

政次は返す言葉がない。

「おせつ。いったん帰って、荷物をまとめてもう一度、ここに来い」

茂平次が強い口調で言った。

「政さん」

おせつが政次を見た。

「そうしましょう」

「わかった」

事態は切迫している。政次は頷くしかなかった。

「では、本庄さま。行って来ます」

「うむ。では、半刻（一時間）ここで待つ。『春名』のほうはうまく話をつけておく」

茂平次はうれしそうに言う。

気に入らなかった。明らかに、茂平次はおせつを狙っているのだ。

ふたりは長屋に急ぎ、大事なものを風呂敷にまとめた。大事なものと言っても、おせつの着替えと櫛《くし》、簪《かんざし》、手鏡などで、政次には持って行かなければならないものはなかった。せいぜい、替えの着物だけだった。ただ、匕首は懐にしまった。

家を出ようとする前に、政次はおせつを呼び止めた。

「あの侍、気に入らねえ」

政次は口許をひん曲げた。

「おめえを狙っている。あとをつけて来たのも、そのためだ」

「そんなことはあとで考えましょう。ともかく、早いとこ、ここから逃げ出さないと」

舌打ちして、政次は渋々おせつに従った。

銀杏の樹のところに戻ると、茂平次が待っていた。

「こっちだ」

茂平次は先に立った。

この界隈は寺が多い。幾つもの寺の前を過ぎ、幾つかの寺の角を曲がり、茂平次が連れて行ったのは、桂林寺《けいりんじ》という小さな寺だった。

山門をくぐり、本堂の脇にある庫裏《くり》に向かった。が、庫裏に入らず、そのまま奥に行く。そこは庫裏と渡り廊下で繫《つな》がった別棟だった。僧坊か客殿らしい。

茂平次は勝手に入口の戸を開けた。手燭《てしょく》に火を点《つ》け、奥に案内した。

突き当たりの部屋の襖《ふすま》を開けた。部屋に入り、茂平次が行灯に灯を入れた。

仄《ほの》かな明かりが灯《とも》った。六畳ほどの部屋だ。

「押し入れにふとんがある。ともかく、今夜はここで休め。俺は向かいの部屋にいる」

おせつに目をやってから、茂平次は部屋を出て行った。

あわただしくここまで逃げて来たが、茂平次はほんとうに信用出来るのか。

そのことを言うと、おせつは声をひそめて言った。

「本庄さまは南町奉行だった鳥居甲斐守さまの右腕と言われた方らしいわ。鳥居さまがお奉行をやめたから、もう奉行所とは関わりはないって言っていたわ。いえ、かえって奉行所には恨みを抱《いだ》いているらしいの。だから、私たちを気にかけてくれているのよ」

「いや……」

奉行所に恨みを抱いていることが事実だとしても、俺たちを助けるのはそのためだけではない。おせつを狙っているからだと、政次は疑わざるを得ない。

「俺たちはこれからどうなるんだ」

政次は気弱くなった。

「どこまでも逃げるのよ。政さんとふたりなら、私は地獄でもどこでも行くわ」

「おせつ。俺もだ」

政次はおせつを抱き寄せた。

この熟れた体を誰にも渡さない。政次はそう思うと、狂おしく帯を解《ほど》いた。

「待って」

おせつは押し入れからふとんを出し、行灯の灯を消してから襦袢《じゅばん》も脱いだ。一糸まとわぬおせつの白い裸身が闇に浮かぶ。

政次は夢中でおせつにしがみつく。おせつの息が荒くなった。

ふと、政次は襖が少し開いているのに気づいた。茂平次が覗いているのだと思った。しかし、政次は見せつけるようにおせつの全身に舌を這《は》わせて行った。

四

翌日の昼下がり、源九郎と与市は天王寺前にやって来た。

きのう、仙太郎から天王寺境内にある『春名』という料理屋の女中に、色っぽい女がいたときいた。帰り際、女将にきいたら、最近働きだした女だということだった。名はおまさと名乗っているという。

おせつが浅草田原町の料理屋で名乗っていた名もおまさだった。政次の政からつけたのだ。おせつに間違いないと思った。

料理屋の表と裏に手下を配し、源九郎と与市は『春名』の門を入った。昼時を過ぎて、ようやく店も空《す》いて来たようだ。

玄関に立ち、出迎えた女将らしい女に与市がきいた。

「ここに、おまさという女中がいるな」

「はい。おります」

「すまないが、ちょっと呼んでくれないか」

「それが……」

女将が言いよどんだ。

「きょうはまだ出て来ないんです」

「出て来ない？」

与市が顔色を変えてきいた。

「はい。いつもはとうに出て来るのですが……」

「何の知らせもないのか」

「はい。それで、長屋に若い者を向かわせたのですが留守でして」

女将は申し訳なさそうに答えた。

与市は源九郎と顔を見合わせた。

「おまさに間夫がいたはずだが」

源九郎は確かめた。

「はい。ご亭主がいるようでした」

政次に違いないと思った。

「長屋はどこだ？」

与市がきいた。

「谷中八軒町でございます」

「よし」

源九郎は『春名』を出た。

谷中八軒町まで指呼(しこ)の間(かん)だ。

おせつが住んでいる長屋にやって来た。

ちょうど外に出て来た印肉売りの男に与市が声をかけた。

「おまさの家はどこだえ」

「そこですよ」

男は指さした。

源九郎は戸障子に手をかけた。なんなく開いたが、家の中は空だった。

着物や手鏡などが見当たらない。

「逃げられたか」

与市が舌打ちした。

「なぜだ。まるで我々がやって来ることを察していたようだ」

仙太郎のことに、おせつが気づいたとは思えない。仙太郎はお光といっしょだったのだ。では、なぜ……。

外に出てから、源九郎は印肉売りの男にきいた。

「ここに住んでいたふたりがどこに行ったか知らないか」

「いえ、知りません。いないんですかえ」

男は訝《いぶか》しげにきいた。

「出て行ったようだ」

「まさか」

男は土間に入って部屋の中を見た。そして、出て来た。

「ずいぶん急に出て行ったもんだ」

「何か、ふたりのことで気がついたことはないか」

「いえ。あっ、そう言えば」

男は何かを思いついたらしい。

「なんだ?」

与市が促す。

「へえ。きのう、長介《ちょうすけ》って男にこの商売道具を貸してやったんです」

「商売道具?」

「この格好ですよ。理由はききませんでしたけど、この格好をしてどこかへ出かけて行きました。そして、夕方頃に帰って来たときは、驚くほど顔色が悪かったんですよ。なにがあったのか、気になっていたんですが」

「我々の動きを察知したんでしょうか」

与市が首を傾げた。

「政次は変装して以前住んでいた南小田原町まで様子を探りに行ったんだ。そして、何かに気づいた。だが、政次は何に気づいたのか」

源九郎は不思議に思った。


その夜、源九郎の屋敷に仙太郎がやって来た。

部屋で向かい合ってから、

「どうだった？」

と、仙太郎がきいた。

「逃げられた」

源九郎は渋い顔で答えた。

「逃げられた？」

「そうだ。きのうの夜だ。料理屋の仕事を終えて帰るときには、おせつに何の変わりもなかったそうだ。政次は、昼間、印肉売りの姿でどこかに出かけている。こっちの様子を探りに来たのかもしれない。そこで、政次は何かに気づいたのだ」

源九郎は顔をしかめ、

「仙太郎から話を聞いたとき、すぐに駆けつければよかった。しくじった」

と、臍《ほぞ》をかんだ。

「悪運の強い奴らだ」

仙太郎はなぐさめるように言った。

「だが、それほど遠くには行っていないはずだ。長屋の者の話では、ゆうべ遅く、長屋を出て行ったようだ。夜にそんなに遠くには行けるはずはない。根津や千駄木《せんだぎ》、根岸のほうを聞き込んだが、政次とおせつらしいふたり連れを見かけたものはいない。ひょっとして、まだあの界隈に隠れているかもしれぬ」

源九郎はふと顔つきを和《やわ》らげ、

「お光はどうすることになったのだ？」

「どうするとは？」

「国に帰るのかということだ」

「いや、国には帰らん。遠い親戚がいるだけだ。しばらく、江戸にいることになろう」

「よし。それは上々」

源九郎は覚えず口許がほころんだ。

「それより、その後、小月忠吾の母親の様子はどうだ？　まだ、雪江のことを変な目で見ているのか」

「相変わらずのようだ。だが、雪江はうまく応対している。心配ない」

「それはよかった」

雪江がやって来た。

「すぐ帰るから、気を使わないでいい」

仙太郎が雪江に言った。

「でも」

雪江が源九郎の顔を見た。

「仙太郎は俺と顔を突き合わせているより、早く帰りたいだろう。引き止めずともよい」

源九郎は笑いながら言った。

「どうも、最近は雪江の亭主どのは妄想が進んでいるようだ。困ったものだ。よし、引き上げるとするか」

仙太郎は立ち上がった。

「また来る」

「仙太郎。今度はお光さんを連れて来い」

何か言いかけたが、仙太郎はそのまま部屋を出て行った。雪江が見送りに行く。

案外うまくいきそうだと、源九郎はにんまりした。歳は少し離れているが、あのくらいの歳の差は世間ではざらだろう。

「なにをにやにやしているのですか」

雪江が戻って来て声をかけた。

「仙太郎の奴。お光のことが満更でもないようだ。こいつはうまくいく」

「そうだとよろしいのですが」

「間違いない。今度、お光を連れて来るように仙太郎に言ったのだ」

「はい。私もお光さんに早く会いとうございます」

雪江もうれしそうに目尻を下げた。


翌日も与市たちは谷中界隈の探索を続けている。政次とおせつは遠くに行っていないはずだ。どこかに隠れているのだ。

その間、源九郎は政次が何に気づいたのかを調べようと、源蔵の住む三十間堀一丁目の長右衛門店に向かった。

朝陽は高くなっていて、住人は仕事にでかけたのだろう、長屋は閑散としていた。源蔵も出かけてしまったかもしれないと思いながら、腰高障子に手をかけた。心張り棒はかけていなかった。

声をかけると、もぞもぞ動く気配がした。源蔵はまだ寝ていたのだ。

「あっ、これは旦那」

あわてて、源蔵は起き上がった。こめかみに手をやっている。

「二日酔いか」

源九郎は顔をしかめた。

「へえ。峰吉までやられてしまうし、あっしの信用はからっきしなくなっちまいましたからね。酒を呑まなきゃやってられねえんです」

「きのう、印肉売りの男を見かけなかったか」

「いえ、見ちゃいません。その男が何か……。まさか、政次の野郎が様子を探りに？」

源蔵の顔つきが変わった。

「そのようだ」

「ちくしょう。あの野郎。俺たちを虚仮《こけ》にしやがって」

海雲寺に埋めた政次の死体が別人だったことは、源蔵にも知らせた。ただし、他言無用と言い含めておいた。

「じゃあ、こっちには現れなかったんだな」

「ええ、見てません。それに、どんな格好をしようが、俺の目はごまかせねえ。すぐにわかったはずだ」

そうかもしれないと、源九郎は思った。

自分が死んだことになっていると思うから、政次はのこのこ出て来たのだ。しかし、源蔵たちの前に現れなかったとすると、政次はどこでからくりがばれたことを知ったのだ。

まさか、墓では……。政次は自分が葬られたことになっている墓を確かめに行ったのではないか。寺の名は、おせつから聞いているはずだ。

「源蔵。これを潮《しお》にまっとうな仕事につくんだ」

「へえ」

小さくなって頷く源蔵を残して、源九郎は長屋を出た。

永代橋を渡り、熊井町の海雲寺にやって来た。

まっすぐに、本堂裏手の墓地に向かう。

墓地を掃除している墓守がいたので、源九郎は近づいて声をかけた。

「一昨日、印肉売りの男がここにやって来なかったか」

「へい、来ました」

「来たか」

「政次という男の墓がどこかときくんで、あれはひと違いだったと教えてやりました。そしたら、すぐに引き返して行きました」

「そうか、教えたのか」

「いけなかったんでしょうか」

墓守の男は不安そうな顔をした。

「いや、そうじゃない。気にしないでいい」

そう言い、源九郎は海雲寺を出た。

政次はやはりここに来たのだ。そして、すべてがばれていることを知り、あわてて谷中八軒町から逃げ出したのだ。

源九郎は永代橋に戻り、谷中に急いだ。

それから半刻（一時間）ほどで、源九郎は不忍池の東岸にやって来た。寛永寺の鐘が昼九つ（正午）を告げている。

源九郎ははるか前を行く武士の後ろ姿に目を疑った。猪首で、肩幅が広い。それに短足だ。

あのような体型の男をひとりだけ知っている。本庄茂平次だ。姿を消していた茂平次がこのような場所にいることが解《げ》せない。

だが、似ている。源九郎は足早になった。

やがて、谷中八軒町を過ぎ、寺町に入って来た。源九郎はだいぶ近づき、ますます茂平次に似ていることを確信した。いや、似ているどころではない。本人だ。

しかし、小さい寺がたくさん並んでいる一帯に入り込んだ茂平次はやがて姿を消した。どこかの山門に入ったのだ。

尾行に気づかれたとは思えない。うろついていて、反対にこっちのことを気づかれたらまた逃げられてしまう恐れがある。

源九郎はその場から引き上げ、天王寺のほうに向かった。

向うから与市がやって来た。

「旦那。まだ手掛かりはありません」

息を弾ませながら言う。

「政次は海雲寺に現れていた。そこで、亡骸のほんとうの身許がわかったことを知ったんだ」

「そうですか。やはり、政次は自分が追われていることを知って逃げたんですね」

「そうだ。こうなったら、ふたりは江戸を離れようとするだろう。だが、まだこの界隈から出ていないようだな」

「へえ。男女のふたり連れを見かけたって者はいません。おそらく、この界隈のどこかに潜んでいるはずです」

茂平次がどこかの寺に入り込んだように、政次とおせつもどこぞの寺に匿《かくま》われているのかもしれない。

そうなると厄介だった。寺は寺社奉行の管轄であり、町奉行所は手も足も出せない。ほんとうにいることがはっきりしているなら、お奉行から寺社奉行に申し入れをするのだが、あやふやな状況では無理だ。

「おそらく、どこぞの寺だろう」

「へい。あっしも、そう思いました。町人地は調べました。どこにも、いませんから、あとは寺か大名の下屋敷です」

「へたに踏み込めない。だが、奴らはいつまでも隠れ家に閉じこもっていられるわけはない。必ず、外に出て来る。そのときを待つしかない」

「へえ、長くかかるのを覚悟しなきゃなりませんね」

与市は渋い顔をした。

「ともかく、自身番と木戸番にはふたりが逃げ出さぬよう見張らせるのだ。この界隈に封じ込め、絶対に外に出すな」

「わかりやした」

与市と別れると、源九郎は引き返した。


その日の夕方、源九郎は堀江町の仙太郎の家に寄った。

仙太郎は出かけており、家には住み込みの婆さんとお光がいた。

「いつもお世話になっております」

丁寧に挨拶をするお光はだんだん垢抜《あかぬ》け、まぶしく感じられた。

「お光。今度、私の屋敷に遊びに来てもらいたい。仙太郎といっしょに」

茶を飲みながら、源九郎はお光を誘った。

「はい。ありがとうございます」

「仙太郎はいい奴だ。だが、少し孤独だ。そなたが来てくれて、仙太郎も生きがいを得たように思う。これからも、仙太郎のことを頼んだぞ」

源九郎が遠回しに言うと、お光は顔を赤らめ、

「私のほうこそ、感謝いたしております」

と、明るい声で答えた。

それから四半刻（三十分）後に、仙太郎が帰って来た。

顔を輝かせて、お光が出迎えた。

「来ていたのか」

仙太郎がうれしそうに言う。

常着に着替えるのを手伝うお光の姿に、源九郎はつい口にした。

「婆さん、ふたりは夫婦のようだな」

「はい。さようでございます。ほんに仲のよろしいようで」

婆さんが相槌《あいづち》を打った。

「なに、ふたりでにやにやしているんだ」

いまの会話が耳に入ったのか、仙太郎が苦笑しながら言う。

しばらく、仙太郎ととりとめのない話に興じていたが、

「そこまで送ってくれないか」

と、源九郎は立ち上がった。

「いいだろう」

源九郎の意を汲んで、仙太郎も素直に立ち上がった。

お光に声をかけ、源九郎と仙太郎は家を出た。

小《こ》網町《あみちょう》二丁目の末広河岸までやって来た。日本橋川に荷を積んだ船が上って行った。

「茂平次を見つけた」

源九郎は声をひそめて言った。

「ほんとうか」

仙太郎は目を見開いた。

「谷中の寺町に消えた」

そのときの様子を話してから、

「政次とおせつの行方を求めていて、思い掛けずに巡り合った。あれは間違いなく、茂平次だ」

「鳥居がお奉行をやめさせられてから、茂平次はあまり市中に顔を出せないのだろう。さんざん、過酷な取締りで町の者を苦しめて来たんだ。袋叩きに遭《あ》うかもしれないからな」

仙太郎が侮蔑したように言う。

「寺町では、俺たちは手が出せぬ。それに、俺たちの目的は、政次とおせつだ。茂平次の件はおまえに任す」

「わかった。久しぶりに変化小僧に活躍してもらおう」

変装して、寺町を探ってみると仙太郎は言っているのだ。場合によっては、寺の庫裏にも忍び込むつもりだろう。

「こうなると、長崎に行った小松どのは無駄骨になってしまったな」

源九郎は忸怩《じくじ》たる思いで言った。

まさか、茂平次が江戸にいたとは思わなかった。いまごろ、小松典膳と熊倉伝十郎は長崎の町を歩き回っていることだろう。

「長崎に長くは逗留《とうりゅう》せず、いないとわかれば、すぐに帰って来るはずだ。それまで、茂平次を見張っている」

仙太郎は意気込んだ。

「さあ、お光のところに帰ってやれ。お光はいい娘だ。そなたのような男にふさわしい」

何か言い返すかと思ったが、仙太郎はただ苦笑しただけだった。

五

翌日、障子に秋の陽差しが当たっている。

政次は障子を乱暴に開けて濡縁に出た。

「いつまで、こんなところにいるんだ」

政次は不満をもらした。

茂平次の言いなりになってここに逃げ込んだが、ずっと閉じ籠《こ》もりきりだった。

きのう、辺りの様子を探ろうとして、寺を抜け出してみたが、政次はすぐに引き返して来た。町方《まちかた》らしき男がうろついていたのだ。

この寺町一帯を、町方が取り囲んでいると、考えざるを得ない。

「思い切って、遠くに行ってしまえばよかったんだ」

政次は悔やんだ。

「政さん」

おせつが近寄った。

「もうしばらくの辛抱だって、本庄さまが言っていたわ。ここにいれば、食べ物にも困らないし、奉行所のひとたちだって踏み込めないし、一番安心できる場所じゃない」

「しかし、なぜ、この寺は茂平次の言いなりになっているんだ？」

「本庄さまが奉行所にいたとき、桂林寺の住職が華美な暮らしをしていたのを見つけたけど、お目溢《めこぼ》しをしてやったことがあったそうなの。それで、本庄さまの無理を断れなかったそうよ」

「なるほど。そういうわけか」

確かに、ここにいれば当面は安全だ。だが、茂平次は何を考えているかわからない。いや、おせつを狙っているのだ。その魂胆があって、俺たちの世話をしているのだ。

襖が開く音がして、顔を向けると、茂平次が入って来た。

「政さん」

おせつが声をかけた。

仕方なく、政次はおせっといっしょに部屋に戻った。

茂平次は床の間を背にして座った。にこやかな顔で、

「窮屈だろうが、もうしばらくの辛抱だ」

と、茂平次は口を開いた。

「しばらくとは、いつごろまでですか。町方がこの辺りを取り囲んでいるじゃありませんか。町方は、いつ諦めて引き上げてくれるんですか」

政次は不満を抑えきれずにきいた。

「町方はそう簡単には引き上げないだろう」

「じゃあ、ずっとここにいろって言うんですかえ」

政次はつい口調が荒くなった。

「安心しろ。あと、四、五日したら、ここから出してやる」

さらに、茂平次は眉根を寄せ、

「そなたたちを追っている南町の柚木源九郎は般若同心と異名をとり、どこまでも悪には食らいつく男だ。そんな男の手から逃れるには、わしの力がなければ無理だ」

「般若同心？」

政次も般若同心の噂は聞いたことがある。

「わしはな、南町の内与力だったから、般若同心のことはよく知っている。奴の裏をかくのはそう難しいことではない」

「本庄さま」

おせつが声をかけた。

「なんだな」

おせつを見る茂平次の目つきが気に入らない。政次は知らず知らずのうちに顔を歪めていた。

「私たちはこの先、どうしたらいいんでしょうか。江戸にはいられません」

「長崎に行くのだ」

「長崎？」

「じつは、わしは長崎の出でな。知り合いも多いし、働くところも心配ない。長崎に行くがいい」

「いえ、あっしたちは長崎には行きません」

政次は茂平次に反発するように言う。

「政さん」

おせつが困ったような顔をした。

茂平次は一瞬鋭い目つきで、

「それなら、それでよい。だが、よく考えたほうがよい」

と、政次を睨《にら》み据えた。そして、微《かす》かに口許に笑みをたたえた。

その不気味さに、政次は背筋に悪寒《おかん》が走った。

「では、わしは出かけて来るでな」

茂平次は立ち上がった。

「外に出ないようにな」

そう言い残して、茂平次は部屋を出て行った。

「ちくしょう」

政次は吐き捨てた。

「おせつ。あの男はおまえを狙っているんだ。長崎に連れて行って、俺を殺し、おまえを手に入れるつもりだ」

「それは、考え過ぎよ。本庄さまはほんとうに私たちのことを思ってくれているのよ」

「あの男に騙《だま》されているんだ。俺にはわかる。あの男の本性が」

政次は拳を震わせた。

「ばかねえ」

おせつが政次の耳元で囁《ささや》く。

「かりにそうだったとしても、私が本庄さまになびくはずないでしょう。私には政さんだけよ」

「おせつ」

政次はおせつの体を抱きしめた。

「俺は不安なんだ。あの男、いつか俺を殺す」

「だいじょうぶよ。私が、そんなことをさせないわ」

おせつがいたわるように言ったが、政次の恐怖は消えなかった。


その日の夜、政次はそっと山門を出た。

幾つかの寺を過ぎ、善光寺門前町《もんぜんちょう》に差しかかると、町角に岡っ引きの手下らしい男の姿があった。

政次はすぐに引き返した。今度は寺町の反対側から根津門前町のほうに向かった。

だが、そこにも見張りの男が立っていた。

次に大名の下屋敷の脇を千駄木町に向かったが、やはり岡っ引きの手下が立っていた。

舌打ちして、政次は桂林寺に戻った。

部屋に入ると、おせつがいなかった。

しばらく待っても、おせつは戻って来ない。はっとした。政次は急いで部屋を出た。そして、茂平次の部屋の前に立ち、中の様子を窺った。

女の笑い声がした。おせつだ。政次は頭にかっと血が上った。

すぐに部屋に戻って匕首を摑《つか》んで、茂平次の部屋に駆け込もうとした。が、足がすくんだ。

茂平次はもっけの幸いと、俺を斬り捨てるのではないか。いや、その機会を窺っているのかもしれない。

政次は怒りに体を震わせながら、泣く泣く部屋に戻った。

おせつが戻って来るまで、ずいぶんとかかった。

やっと、おせつが帰って来た。

「ごめんなさい。本庄さまに呼ばれていたの」

「呑んでいるな」

「ええ、少し」

「ずいぶん、楽しそうだったな」

「だって、本庄さまって楽しいのよ。いろいろな面白い話をしてくれるの」

「俺の留守に、泥棒猫みたいな真似をしやがって」

「あら、政さんもいっしょにと言ってくれたわ。でも、いなかったから」

「そうじゃねえ。俺が出かけたのを知って、おまえを誘ったのだ。だんだん、露骨になってきやがった」

「政さん。どうしたの。どうして、そんなふうにとるのさ」

「いいか。俺が怒って部屋に駆け込んだら、茂平次は俺を無礼討ちにしたはずだ」

「政さん、なんてことを」

おせつが呆《あき》れ返ったように言う。

「本庄さまは、そんなお方じゃないわ」

「おせつ。おまえはすっかり……」

政次はあとの言葉を呑んだ。すっかり丸め込まれていると言おうとしたのだ。だが、言えば自分が惨《みじ》めになると思った。

「長崎に行くつもりか」

政次はきいた。

「いい話じゃない。長崎なら賑やかだろうし、働くところもたくさんあるでしょう」

「長崎は江戸との往来が多い。長崎奉行だって、江戸の旗本がなるんだ。必ず、手配書がわたる。長崎は安心出来る場所じゃねえ」

「でも、本庄さまが力を貸してくださるのよ」

「おまえが目当てなだけだ。ほんとうは、そのことに気づいているはずだ。そうじゃねえのか」

おせつは茂平次の心を見抜いているはずだ。単なる親切心で、ここまでのことをしてくれるわけはない。

急に、おせつが政次に顔を近づけた。

「そうよ。ほんとう言うと、私もあの男を見ていると虫酸《むしず》が走るわ。でも、考えてちょうだい。いまは、あの男を頼みにして、ここを逃げる算段をするしかないじゃない。そうでしょう」

「ほんとうに茂平次に心が惹《ひ》かれているわけじゃないんだな」

「当たり前でしょう。私には政さんしかいないの。だから、町方に追われる身になっちゃったんじゃないの」

春之助を殺したことを言っているのだ。

「長崎に行く途中で逃げればいいのよ。場合によっては、殺しても……」

おせつは危険を孕《はら》んだ目で言う。

「わかった。おせつの言うとおりだ」

政次はようやく心が落ち着いて来た。そうだ、おせつの言うとおり、茂平次を利用するんだ。

春之助を殺したときから、いやおせつと出会ったときから、俺は悪の道に足を突っ込んだのだ。おせつとともに地獄の底まで行くと覚悟を決めたのだ。

峰吉までも殺し、捕まれば獄門の身だ。どこまでも、おせつと生き抜いてやる。

そう改めて心に決めると、急に精力が漲《みなぎ》って来た。

六

翌日も朝から、仙太郎は腰の曲がった年寄りに化け、杖《つえ》をついて寺町を歩いた。

きのうも何度か姿を変えて、この一帯を歩き回った。

だが、茂平次を見つけることは出来なかった。

途中、大きな寺の前にいた花売りから花を買った。そのとき、仙太郎は、

「この界隈で、猪首で肩幅が広く、足が短いお侍を見かけなかったかね」

と、訊ねた。

「いえ、気がつきません。申し訳ございません」

「そんな謝られることはありませんよ。よけいなことをきいて失礼しました」

仙太郎は花売りから離れた。

きょうは、適当な寺の墓地に行くふりをして、境内に入ってみようとしたのだ。

最初に入った寺も、墓地は本堂の裏手にあった。境内を歩きながら、庫裏のほうに目を向ける。

若い僧が本堂に向かった。茂平次がいるような雰囲気はなかった。仙太郎は墓地まで行って引き返した。

こうして、幾つかの寺の境内に入ったが、特に疑わしいと思えるところはなかった。

最後に、適当な墓に花を供え、仙太郎は天王寺に向かった。

もし、茂平次がこの界隈に住んでいるなら、天王寺境内にある料理屋に通うので

はないかと思った。

以前に、お光と入ったことのある『春名』という料理屋の玄関を入り、仙太郎は二階の追い込みの座敷に上がった。

昼をだいぶ過ぎたせいか、客はまばらだった。

頼んだ豆腐料理が運ばれて来た。仙太郎は女中に祝儀を握らせてから訊ねた。

「こちらに、本庄茂平次さまはよくお見えだったかな」

「本庄さまをご存じでいらっしゃいますか」

女中は恐縮しながらきいた。

「ああ、南町におられた頃はよくお会いした」

「そうでございますか。本庄さまはいっときよくお出《い》でになりました」

女中が答える。

「いっとき？」

「はい、いっときは毎日のように」

女中は意味ありげに笑った。

「ほう、どうしてだ？　まさか、気に入った女中でもいたか」

仙太郎の脳裏におせつの顔が過《よぎ》った。

「はい」

「その女中はいまはやめてしまった。そしたら、とたんに顔を出さなくなったというわけか。いかにも、本庄さまらしい」

「そのとおりでございます」

「その女中の名は？」

「おまささんです」

おせつは、ここではおまさと名乗っていたのだ。

「本庄さまがどこに住んでいるかわからないか」

「さあ、女将さんなら知っているかもしれません。きいて参りましょうか」

「うむ、頼む」

女中が礼を言って去ったあと、仙太郎は政次とおせつの逃亡の片棒を茂平次が担いでいるのではないかと思った。

料理を食べていると、女将がやって来た。

「きょうはお越しいただき、ありがとうございます」

「先日、娘夫婦がここの料理はおいしかったというので、来てみました。ほんとうにおいしいですよ」

仙太郎はどうみても年寄りにしか見えないはずだ。

「それはどうも、恐れ入ります」

女将は軽く頭を下げてから、

「本庄さまのお知り合いだそうで？」

と、確かめるようにきいた。

「知り合いというほどでもありませんが、本庄さまが南町におられたとき、よくお会いしました。じつはきょう本庄さまを訪ねて参ったのですが、肝心のお寺の名を忘れてしまいました」

「そうでございましたか」

女将は得心がいったように頷き、

「本庄さまは桂林寺というお寺さんにいるようです」

「桂林寺ですか」

「どうぞ、ごゆっくり」

にこやかに笑い、女将は去って行った。

ひょっとしたら、そこに政次とおせつもいるかもしれない。

『春名』を出てから、仙太郎はもう一度、寺町を歩き、桂林寺を探した。すると、寺が密集している中に、桂林寺が見つかった。

仙太郎は山門をくぐった。右手の奥に庫裏がある。その奥に別棟があった。仙太郎はそこに目がいった。

本堂にお参りをし、引き上げた。

その夜五つ（午後八時）前に、仙太郎は黒装束姿で暗がりの中を桂林寺に向かった。遅い時間では寝床に入ってしまう。いるかどうかを確かめるために忍び込むのだから、起きている時間のほうがいいのだ。

桂林寺の山門は閉ざされていたが、脇の潜《くぐ》り戸は開いていた。なんなく、そこから境内に入った。そして、暗がりの中を音もなくいっきに別棟に向かった。

別棟の周囲を一回りした。奥のほうで明かりが漏れていた。障子を開いた部屋の中に三人のひと影があった。

仙太郎は庭の植え込みの陰から三人の顔を確かめた。

ひとりは茂平次だった。そして、『春名』で見た女中と若い男が茂平次と向かい合うように座り、酒を呑んでいた。

政次とおせつだろう。

奉行所が手を出せないので、安心して酒盛りをしているのか。

仙太郎はいったんその場を離れ、台所らしい場所から屋内に侵入した。そして、空いている部屋に入り、床の間の天井板を外して屋根裏に入った。

さっきの部屋に向かう。大名屋敷や富豪の屋敷に忍び込んで一度も見破られたことのない仙太郎にとってはたやすいことだった。

見当をつけた場所にたどり着いた。部屋の明かりが天井板の隙間《すきま》から微かに漏れている。仙太郎はそこから下を覗いた。

三人の頭が見える。さしもの茂平次も、気配を消して天井裏に潜んでいる仙太郎には気づきはしない。

仙太郎は耳をそばだてた。三人の会話が耳に飛び込んで来た。

「で、いつやるんですかえ」

政次の声だ。

「明後日の昼間だ。ここに、野辺《のべ》送りの一行がやって来る」

茂平次だ。

「野辺送り？　葬式があるんですかえ」

「そうだ。それを待っていたのだ。さっき住職にきいたら、千駄木の酒屋の隠居が亡くなったそうだ。明日は友引で、葬式は明後日だ」

茂平次が息継ぎをして続けた。

「野辺送りの一行に紛れて、ここを抜け出すのだ」

「うまく、いくでしょうか」

おせつの声が聞こえた。

「心配ない」

ふたりは不安そうだったが、茂平次は自信に満ちた声で答えた。

仙太郎は天井裏を移動し、再びさっきの部屋の天井板を外して下りた。

そして、寺を出てから、千駄木に向かった。


翌朝、仙太郎は源九郎の屋敷を訪れた。

「何かわかったのか」

この時間の訪問で、源九郎にはある予想がついていたのだろう。

「茂平次の他に、政次とおせつがいた」

「ふたりがいっしょだったのか」

源九郎はかっと目を見開き、

「茂平次め。よけいな真似を」

と、吐き捨てた。

ふたりに茂平次が加担しているとなると、厄介だった。それにしても、なぜ、茂平次はふたりに手を貸そうとしたのか。

「いったい、茂平次はどこでふたりと出会ったのだ？」

「おせつが働いていた料理屋だ。客で来ていた茂平次がおせつに心惹かれたのだろう」

「なんとか、ふたりを寺から追い出さねばならぬ」

桂林寺に踏み込めれば簡単なのだが、支配違いの寺では手が出せない。

「明日、桂林寺で葬式がある。茂平次は、その野辺送りに紛れて、桂林寺を抜け出す」

「ほんとうか」

「千駄木の『三河屋《みかわや》』という酒屋の隠居の葬式だ。ゆうべ、『三河屋』に行って、確かめて来た。確かに、桂林寺に墓があるそうだ」

仙太郎が言うと、源九郎は大きく頷き、

「よくやってくれた、仙太郎」

と、讃《たた》えた。

「俺も野辺送りに紛れ込むが、目当ては茂平次だ。政次のほうは頼んだ」

「もちろんだ」

源九郎はすぐに応じた。

「ただ、頼みがある」

「茂平次のことだな」

「そうだ。小松典膳どのと熊倉伝十郎どのがいなくては何も出来ない」

小松典膳と熊倉伝十郎が茂平次を討つのでなければ何の意味もない。

そこへ与市がやって来た。

「政次とおせつの居場所がわかった」

源九郎は与市に仙太郎が告げたことを話し、

「よいか。明日だ。まず、千駄木の『三河屋』という酒屋に行き、野辺送りに誰かを潜り込ませてもらうように頼むんだ」

「わかりやした。政次とおせつ、とうとう観念するときが来たようですね」

与市は興奮して言う。

「それから、明日はあの一帯を遠巻きにするのだ」

「わかりやした。さっそく手配します」

与市が勇んで引き上げて行った。

「じゃあ、明日」

仙太郎も引き上げようとした。

「待て」

源九郎が呼び止めた。

「すまなかった。また、変化小僧にさせて」

「いや」

「だが、今度の件が解決したら、もう二度と変化小僧になるな。お光のためにも」

源九郎は真顔で言った。

「わかった」

お光のためにという言葉に対して、仙太郎は素直に応じていた。

七

翌日は朝からどんよりした天気で、いまにも雨が降り出しそうな様子だった。朝の四つ（午前十時）には、野辺送りの一行がやって来ていた。仙太郎はその中にこっそり紛れ込んだ。

僧侶の読経《ときょう》の中、座棺が土に埋められていく。

茂平次は、政次とおせつをばらばらにさせた。ふたりいっしょだと目につきやすいという理由だったが、政次はなんとなく気になった。

しかし、町方の網から逃れるには、そうするしか方法がないと自分を納得させた。おせつも、この中に紛れ込んだはずだ。

一行は千駄木まで帰る。いっしょに千駄木まで行き、団子坂の上り口で茂平次と落ち合う手筈《てはず》になっていた。

茂平次を利用する。そう心に決めてから、茂平次に素直に従うようにした。一昨日も、三人で酒を呑んだときは、政次はかえってご機嫌をとるような態度をとった。

ときおりおせつに向けるいやらしい目つきが気に食わなかったが、逃げ落ちるまでの辛抱だと、自分に言い聞かせた。

ぽつりぽつりと冷たいものが落ちて来た。それでも、読経は止むことなく続いた。

やっと、読経が終わった。

故人の倅らしい男が挨拶をしていた。

一行が引き上げたのは、昼頃だった。政次はうつむいて列の真ん中に入って、山門を出た。

町方らしい姿はない。そのまま、何事もなく坂を下って千駄木にやって来た。政次はすっと一行から離れた。

そして、団子坂に向かった。茂平次が言うように、坂の上り口に荒物屋があった。その脇に路地があった。

その路地の入口で、おせつを待った。しかし、四半刻（三十分）ほど経ったが、おせつはやって来ない。

何かあったのか。政次は焦った。

ここまで町方の姿を見かけなかった。そのことが不思議だった。

桂林寺に戻ろうとしたとき、四方から捕り方が現れた。

政次は唖然《あぜん》とした。

「政次。もう逃れられねえ。観念しろ」

岡っ引きが叫んだ。

その横に、般若同心がいた。

政次は足が震えた。

「おせつはどこだ？」

般若同心がきいた。

「知らねえ。ここで落ち合うはずだったんだ」

なぜ、ここに町方が待ち構えていたのか。

「ちくしょう。茂平次に騙された」

政次は五体を引き裂かれるような激しい衝撃を受けた。

「旦那。茂平次というやつはおせつをどこかに隠したんだ。おせつを助けてくれ」

「ほんとうにいっしょではないのか」

「ほんとうだ。茂平次は俺を騙したんだ」

政次は悲鳴のような声を上げた。

政次は神田佐久間町《かんださくまちよう》の大番屋に連れ込まれた。

土間に座らされ、般若同心の取調べを受けた。

おせつを奪われた怒りに、最初は体ががたがた震えた。だが、時間が経つにつれ、おせつは茂平次とぐるになって俺を裏切ったのではないかと思うようになった。

「まず、『大黒屋』の春之助を殺したことに間違いはないか」

般若同心が口を開いた。

「間違いありません。おせつをとられたくなかったので、殺しました」

「殺そうと最初に言い出したのは誰だ?」

「おせつです」

「やい、嘘をつくな」

岡っ引きが怒鳴った。

「ほんとうだ。春之助に言い寄られて困っている。逃れるには殺すしかないって、おせつが言ったんだ。あっしも、おせつをとられたくなかったんで、おせつの言うままに」

「おまえを死んだことにするというのは、誰が考えたのだ?」

「おせつです。行き倒れか、水死人で身許のわからない者を立て札で探し、私の名を騙《かた》って出ると言ったんです」

いまから考えてみれば、すべておせつの言うがままに動いていたのだと、政次は唇を嚙んだ。

「峰吉を殺したのもおまえだな」

「へえ。浅草寺にお参りに行った帰り、峰吉に見つかってあとをつけられたんです。それで、川っぷちまで誘《おび》き出して殺しました」

政次はもうしらを切る気力はなかった。きかれたことに、素直に答えていた。

「今戸から谷中八軒町に移ったが、なぜ八軒町だったのだ？」

「おせつが働く場所を『春名』に決めたからです」

「おせつの言うとおりに動いていたのか」

「そうです」

「本庄茂平次ともおせつが最初に知り合ったんだな」

「『春名』に客で来ていたんです」

茂平次への怒りが、また込み上げて来た。

「おまえは、印肉売りに化けて、海雲寺に行き、亡骸が別人であるとばれたことに気づいたんだな」

「へえ。そうです。そんとき、茂平次が現れて、桂林寺に案内してくれたんです」

「茂平次と桂林寺の間柄を知っているか」

「茂平次が奉行所にいたとき、桂林寺の住職が華美な暮らしをしていたのを見つけたが、お目溢しをしてやったことがあったそうで、茂平次の頼みを断れなかったようです」

政次はおせつから聞いた話をした。

「きょうの野辺送りを利用して逃げようとしたのは、茂平次の考えか」

「そうです。おせつと別々に寺を出て、団子坂の下で待てと。茂平次が、別の隠れ家に案内するって言ったんです」

「おせつもその場所に来ることになっていたんだな」

「そうです。でも、来ませんでした。茂平次にはめられたんだ。ちくしょう」

政次は胸をかきむしった。

「おせつは、茂平次といっしょにいるのか」

「そうです。最初から、おせつを狙っていたんだ。汚ねえ」

政次は思いきり拳で土間の土を叩いた。

「茂平次はどこへ行くと言っていた?」

「長崎だ。長崎には知り合いがたくさんいるから暮らすに心配ないって。旦那。お願いだ。茂平次とおせつを捕まえてくれ。あのふたり、許せねえ」

政次は悲痛な声で訴えた。

「政次。心配するな。すぐおせつも捕まる」

もう自分の命など、どうでもいい。ただ、獄門になるなら、おせつもいっしょだ。俺だけ死んで、おせつと茂平次が堂々と生き長らえる。そんなことは許せねえと、政次は般若同心の言葉を祈る思いで聞いた。

第四章　護持院原の決闘

一

その日、仙太郎は桂林寺に潜んでいた。

茂平次が桂林寺を出たのは、野辺送りの一行が寺を去り、さらに半刻（一時間）ほど過ぎたころだった。

それより少し前に、桂林寺の住職がひとりの女を伴い、寺を出た。女はおせつのようだったが、仙太郎は茂平次ひとりに絞っていた。

いまにも雨が降り出しそうだ。夕方のように暗い。

茂平次は天王寺の脇から坂道を下り、音無川《おとなしがわ》に出た。そして、小橋を渡り、川沿いの道を行く。

この辺りは日暮らしの里という新堀村《につぽりむら》だった。

途中、桂林寺の住職が向うから戻って来るのがわかった。やはり、茂平次と示し合わせ、おせつをどこぞに連れて行ったものと思える。

茂平次とすれ違った住職は何か言葉をかわし、こっちに向かって来た。仙太郎は軽く一礼をし、住職とすれ違った。

目の大きな赤ら顔で、苦々しい顔付きをしていた。茂平次に好意を持っていないのだと思った。おそらく、茂平次に弱みを握られていて、言いなりにならざるを得なかったのかもしれない。

道灌山に近づいたとき、一軒の百姓家が見えて来た。茂平次はその百姓家の離れに向かった。

茂平次が離れに入ったあと、仙太郎は音もなく離れに近づき、床下に潜り込んだ。部屋の話し声が聞こえて来る。

「で、政次さんは?」

おせつの声だ。

「大番屋にしょっぴかれて行った」

茂平次が答える。

「おせつ」

茂平次が呼びかけた。

畳をする音がしたのは、茂平次がおせつに近づいたのだろう。

「待ってくださいな。まだ、明るいじゃありませんか」

「誰もみているものなんかおらん」

「やめてください」

「いいではないか」

「政次さんが捕まったというのに、すぐ本庄さまとこんなことになっちゃ寝覚めが悪うございます。本庄さまと、心から楽しめませんよ。どうか、そのことをお考えくださいな」

「ちっ。まあ、よい」

茂平次の舌打ちが聞こえる。

「じゃあ。俺はいったん桂林寺に帰る。おそらく、政次から話を聞いて、町方がかけつけるはずだ。うまく、ごまかさぬとな」

「本庄さまは、いつここに？」

「今夜、遅くだ。それまで、ここから外に出るな。母屋《おもや》の者には口止めしてある」

「わかりました」

「じゃあな」

やがて、茂平次の足音が去って行くのを、仙太郎は床下から見送った。

床下から出て、茂平次の様子を窺《うかが》うと、母屋に寄ってから引き上げて行った。

おせつの見張りを頼んだのか。

仙太郎は茂平次が再び谷中に向かったのを確かめてから、一目散に根岸から入谷を通り、神田佐久間町の大番屋にやって来た。

ちょうど、源九郎は政次の取調べを終えたところのようだった。

「どうだった?」

源九郎が待ちかねたようにきいた。

「居場所がわかった」

「やはり、ふたりは示し合わせていたか」

「そうだ。おせつは桂林寺の住職に連れられ、新堀村の百姓家の離れに行った。あとから茂平次がやって来た。茂平次はいったん桂林寺に戻った。政次から話をきいて、駆けつけて来るだろう町方をごまかすつもりだ」

仙太郎は床下で聞いたことを話した。

「おせつを捕まえてくれ。茂平次の口車に乗り、俺を裏切った女だ。旦那。おせつをとっ捕まえてくれ」

政次が顔を歪《ゆが》めて叫んだ。

「よし。おせつを捕縛する。与市。これから出発だ」

「へい」

「おせつを連れて来る。おとなしく待っているんだ」

源九郎は政次に言ってから、

「仙太郎。案内してくれ」

と、素早く大番屋を飛び出した。

空はなんとか持っている。上野山下を過ぎ、入谷から箕輪に差しかかったとき、すっかり暗くなり、手下が提灯《ちようちん》に灯《ひ》を入れた。時の鐘が暮六つ（午後六時）を知らせていた。

「茂平次のところには行かないのか」

仙太郎がきいた。

「行く必要はあるまい。いい訳をしようと待ち構えているところに行ったって、まともな話はきけない。それより、その百姓家で茂平次を待つんだ」

「のこのこやって来て、さぞかし驚くことだろう」

仙太郎は覚えずにやりとしたが、下手人を匿《かくま》った罪で茂平次を捕まえることには難儀がある。牢獄に入れられたら、小松典膳や熊倉伝十郎は手も足も出ない。まして、島送りになったら、敵討ちの機会がさらに遠のく。

「茂平次をどうするつもりだ？」

仙太郎は厳しい声できいた。

「心配するな。捕まえたりせぬ」

だから、茂平次に会わないようにすると、源九郎は言った。

御行松《おぎょうのまつ》を過ぎ、いよいよ新堀村にやって来た。ぽつんぽつんと百姓家や寺の常夜灯の明かりが見えるだけで、一面に闇が広がっている。

曇天で、手下の提灯の明かりだけが頼りだ。

「あそこだ」

仙太郎は暗がりに屋根の輪郭を浮かび上がらせている百姓家を指で示した。

「あの離れだ。様子を見て来る」

仙太郎は小走りに離れに向かった。

戸の隙間から明かりが漏れている。裏手にまわり、連子窓《れんじまど》から中の様子を窺う。

ひとの気配がする。やがて、目の端におせつの姿が入った。

仙太郎はそこを離れ、源九郎のところに戻った。

「いる」

「よし」

源九郎はまっすぐ離れに向かった。与市も続く。

戸の前に立ち、与市が戸を叩いた。

しばらくして、内側から心張り棒の外れる音がした。

戸が開いて、おせつが顔を出した。

「あっ」

おせつが悲鳴を上げそうになった。

「おせつ。久しぶりだな」

与市が鋭い声で言う。

おせつは後退《あとずさ》った。

「大番屋で、政次が待っている。支度してもらおうか」

源九郎がぬっと前に出て言う。

おせつはへなへなと座り込んでしまった。

「さあ、立つんだ」

与市がおせつをせき立てる。

「どうして、ここがわかったんですか」

おせつがやっと口を開いた。

「本庄茂平次のあとをつけたのだ。さあ、支度するのだ」

源九郎も急《せ》かす。

溜め息をついて、おせつは立ち上がって部屋に戻った。

「変な真似をすると容赦《ようしゃ》しねえぜ」

与市が部屋を覗き込んで言う。

「もうじたばたしませんよ」

おせつは捨て鉢気味に言う。

風呂敷包を持って、おせつは戻って来た。

「お縄はかけない。夜道で難渋だろうが、歩いてもらうぜ」

与市がおせつに言う。

「じゃあ、あとは任す」

源九郎は仙太郎に言い、与市らとともにおせつを引き立てて行った。

仙太郎はひとり残った。

しかし、いくら待っても、茂平次はやって来ない。一刻（二時間）経ってから、仙太郎はいよいよ怪しんだ。

仙太郎が気になったのは、桂林寺の住職とすれ違ったことだ。まさか、あの住職が……。しかし、茂平次をつけていたなどと悟られていないはずだ。

まてよ……、と仙太郎ははっとした。あの道を百姓以外の男が通るのは珍しいのだろうか。

さらに、四半刻（三十分）ほど経ったが、茂平次がやって来る気配はなかった。

仙太郎は行灯《あんどん》の灯を消して外に出た。

闇の中を桂林寺に向かった。

山門脇の潜り戸も閉まっていたので、裏手に回り、頬被《ほおかぶ》りをし、尻端折《しりはしょ》りをしてから、楽々と塀を乗り越えた。

離れに忍び込んだが、茂平次のいる気配はなかった。

仙太郎は庫裏《くり》にまわった。

雨戸をそっと外し、廊下に上がり込む。住職の部屋を探していると、奥の部屋からうめき声のようなものが聞こえて来た。

仙太郎はそっちに向かって廊下を行く。その部屋の前に佇《たたず》み、中の様子を窺う。男と女が睦《むつ》み合っているのだ。

激しい息づかいが聞こえて来た。

仙太郎は静かに襖を開けて中に入った。有明《ありあけ》行灯の明かりが絡《から》み合うふたりの男女を微《かす》かに浮かび上がらせていた。

仙太郎は行灯の明かりを、ふたりのそばに置いた。ふたりの姿がはっきり見えた。

ふたりの動きが止まった。

住職が不思議そうに辺りを見回した。そして、ぎょっとしたように女から離れた。女も起き上がり、着物を摑《つか》んで裸身を隠した。年増《としま》の女だ。

「ほう、住職さんは毎晩こんなことをしていたのか」

仙太郎はわざと押し殺した声を出した。

「おまえは誰だ？」

「俺か。寺社奉行の命で動いている」

「げえ」

仙太郎の嘘を真《ま》に受けたのか、住職は狼狽《ろうばい》した。

「この女は？」

女は震えている。

「ひょっとして、檀家《だんか》のかみさんじゃないのか。坊主が不義密通したら……」

「待ってくれ。金ならいくらでも出す。このとおりだ」

いつも威張っている住職が這いつくばった。

「心配するな。じつは、俺の狙いはおまえさんじゃない。本庄茂平次だ」

「本庄さま？」

住職が顔を上げ、上目づかいにこっちを見た。

「離れにいたみたいだが、いまはいない。どうしたんだ？」

「出て行った」

「出て行った？　何かあったのか」

「離れに匿っていた女とどこかに行くつもりだったようだ」

「おまえさんが新堀村の百姓家に連れて行った女だな」

住職ははっとして、

「そうだ」

と、答えた。

「茂平次は女のところに行かなかった。どうしてだ？」

「知らない」

「おまえさんが茂平次に何か言ったんじゃないのか。女を置いて帰る途中、怪しい男とすれ違ったとでも？」

あっと、住職は目を剝《む》いた。

「おまえだな。そうだな、あんときすれ違った男は？」

「そうだ。そのことを茂平次に話したのか」

「夜になってから本庄さまがやって来た。町方の役人が現れなかったかときいた。町方が現れないのを不思議がっていた。そんとき、じつはと、すれ違った男のことを話したんだ」

「やはりな。で、茂平次の反応は？」

「つけられたのかと、考え込んでいた」

「茂平次はどこに行くと言っていた？」

「長崎だ」

「わかった。ふたりとも、ほどほどにしないとあとでたいへんなことになるぜ。邪魔をしたな」

仙太郎は急いで部屋を飛び出した。

やはり、茂平次は住職の話から危険を察知し、おせつのところに行かなかったのだ。

桂林寺を出て、どこへ行ったか。

おせつといっしょなら長崎に向かったかもしれないが、茂平次がひとりで長崎に向かったとは思えない。

お光の待つ家に向かって、仙太郎は夜道をひた走った。

二

翌日の夕方、政次とおせつは小伝馬町《こでんまちょう》の牢屋敷に収容された。

政次は大牢に、おせつは女牢に、それぞれ放り込まれた。

その夜、源九郎の屋敷に仙太郎がやって来た。

「茂平次に逃げられたそうだな」

源九郎は残念そうに言った。

「あの住職にもっと気を配っておけばよかった」

仙太郎が後悔する。

「いや。俺も茂平次のところに聞き込みに行かせるべきだった。当然、来るべきものが来ないので、茂平次は異変を察したのだ」

「だが、茂平次は江戸を離れていない。どこかにいるはずだ」

仙太郎は言い切った。

南町奉行をやめさせられ、寄合になったとはいえ、鳥居甲斐守はまだ健在なのだ。その鳥居を見限って、茂平次が江戸を離れるとは思えない。

見限っていたら、とっくに江戸を離れていただろう。

「それはそうと、仙太郎。どうだ、お光と所帯を持っては?」

源九郎は唐突に切りだした。

「なんだ、出し抜けに」

仙太郎は苦笑して言う。

「雪江とも話していたんだ。早く身を固めて、商売をはじめてはと」

「源九郎。俺は、小松どのと伝十郎どのの力になってやりたいのだ。ふたりが茂平次を見事討ち果たすまでは、自分のことは考えられない」

「ずいぶん、肩入れをしたものだ」

源九郎は呆《あき》れ返った。

「あのふたりの苦労を見るにつけ、なんとかしてやりたいと思うのだ。とくに伝十郎どのはこのままではだめになってしまう。もはや、ぎりぎりのところまで来ている」

敵討ちの厳しさはよほどのことがない限り、敵に巡り合えないということだ。何年も敵を探し続けていくうちに生活は苦しくなり、気持ちも萎《な》えてくる。

敵を討たない限りは藩に復帰出来ず、浪々の身で長らえて行くしかない。

仙太郎は、伝十郎が自暴自棄になり、安女郎のところに出入りをしているところを見ているのだ。

源九郎は、もし、あと何年も茂平次を討つことが出来なかったらどうするのだという言葉が喉元まで出かかった。しかし、仙太郎の厳しい顔つきに、そのことは言い出せなかった。

「わかった」

源九郎は、仙太郎の気持ちを尊重してやるしかなかった。

その後、茂平次の行方はわからなかった。

政次とおせつの吟味は続けられ、吟味方与力の詮議《せんぎ》に源蔵が呼ばれ、熊井町の自身番に詰めていて、おせつが水死人は政次だと訴え出たときに応対した家主も呼ばれた。

政次とおせつはすっかり観念して、吟味に素直に応じていた。

そんなある日、源九郎は年寄同心詰所に呼ばれた。

奉行所の玄関の横から上がり、廊下を曲がり、与力番所の前を通って、年寄同心詰所に行く。

同心詰所には年寄同心の山武文兵衛《やまべぶんべえ》の他に吟味方与力の里村羽左衛門《さとむらはざえもん》がいた。里村は政次とおせつを吟味している与力だ。

「さあ、ここへ」

文兵衛が座るように言う。

源九郎が腰を下ろすのを待って、

「そなたに、ちと訊ねたい儀があってな」

と、里村が切りだした。

「はっ、なんでございましょうか」

「うむ。じつは、政次の件だ」

里村がちょっと困ったような顔をした。

「何かございましたか」

「うむ。じつは、ふたりの逃亡を助けたのは本庄茂平次どのだと言うのだ。それに間違いないか」

「はい。最後の数日間は、茂平次どのに匿われていたようです」

「なに、それに間違いないのか」

「はい。ですが、茂平次どのは否定するはずです」

茂平次がおせつを新堀村の百姓家に預けた件を話し、源九郎は付け加えた。

「茂平次どのはしらを切るはずです。政次とおせつを桂林寺に住まわせたことを認めても、茂平次どのはふたりが何をやったか知らなかったと答えるはずです」

「うむ」

里村は難しい顔をして、

「どうすべきであろう。茂平次どのを呼ぶべきか」

と、きいた。

「筋からいけば呼ぶべきでしょうが、鳥居さまとの関わりもございます。罪状に、影響を与えないのであれば、そこまでしなくともよいのでは」

茂平次を呼んでも自分に不利なことは喋《しゃべ》らないことははっきりしている。源九郎は時間の無駄だと答えた。

「それに、政次が本庄どののことを口にするのは、おせつをとられたという怨《うら》みや嫉妬《しっと》からでございましょう。政次の意趣返しのために、呼ぶことになりかねません」

「そうだのう」

「ただし、政次の訴えを聞き流したことで、あとあと面倒なことになっても困ります。奉行所に呼び入れるのではなく、こちらから出向いて本庄どのにお話を聞いてみたらいかがかと存じます。おそらく、答えはわかっておりますが、そこまでしたという事実を残すために」

源九郎が強く、そのことを勧めたのは、そうすることによって茂平次の居場所がわかるかもしれないからだ。

「わかった。そうしよう」

里村は素直に受け入れてくれた。

「では、さっそく鳥居さまに申し入れをしてみよう。茂平次どのに書面にて問い合わせをしてもよい」

里村は安心したように言った。

里村の問い合わせに、茂平次から書面で回答が来たのは、それから四日後だった。

案の定、ふたりがひと殺しであることを知らず、事情を抱えた駆け落ち者だという認識だったという茂平次の文の答えだったという。

答えに予想がついていたので吟味には支障なかった。そして、茂平次がまだ江戸にいることがはっきりしたことは収穫だった。

八月十五日の中秋の名月を過ぎたふつか後、政次とおせつの裁きがお奉行のお白州での取調べを終えて終了した。

例繰方《れいくりかた》が過去の御仕置裁許帳《さいきよちよう》に照らし、断罪を考える。これをもとに御用部屋手付きの同心が案文を作り、お奉行に提出した。

政次は獄門、おせつは死罪。予想されたこととはいえ、源九郎は覚えず天を仰いだ。政次はもともとは指物職人だった男だ。

手慰みによって職を失い、おせつと知り合って身を滅ぼすことになった。

お奉行が次の日に登城したとき、この書類を老中に差し出して、将軍の裁可を仰ぐのだ。書類は老中から将軍に差し出され、裁決を諮《はか》る。裁可されれば、その裁可のかなった書類は老中に戻り、そして、お奉行に渡される。

五日後に、裁可が下りた。

これで、正式に政次とおせつの処刑が決まったのだ。

処刑は八日、十日、十二日、十四日、十七日、二十日などの歴代将軍の忌日や臨時の大祭などを避けて行われる。処刑は二十五日に決まった。

そして、八月二十五日の夜、源九郎は屋敷で仙太郎とともに政次とおせつの冥福《めいふく》を祈った。

「立ち会った検使与力どのの話では、政次は泣きわめいていたそうだ」

源九郎はいたましげに言う。

獄門の刑は、牢屋敷内の刑場で斬首《ざんしゅ》のあと、その首を三日間晒《さら》すのだ。

「おせつは堂々としたものだったらしい。泣き叫ぶこともなく、牢内の者や役人にていねいにあいさつをして、おとなしく首を刎《は》ねられたそうだ」

「ばかな奴らだ」

仙太郎はやりきれないように言い、

「茂平次の奴。どんな思いで、このことを聞いたか」

と、虚空を睨《にら》み付けた。

雪江が酒を運んで来た。

「ずいぶん、しんみりなさっているのですね」

雪江には処刑の話はしていない。

「たまには静かに呑むのもいいものだ」

源九郎は微笑《ほほえ》んだ。

「兄上。早く、お光さんを連れて来てくださいませ」

「うむ。なれど……」

「なれど、なんでございますか」

仙太郎は返答に窮しながら、

「それより、雪江。ややこはまだか」

「ええ」

雪江は思わぬ逆襲に遇《あ》って、うろたえた。

「源九郎。俺のことより、早くややこを作れ」

「仙太郎。ずるいぞ。いまは、そなたの話だ」

「いいや、そうではない。そなたたちが祝言を挙げてどのくらい経つと思うのだ。

そろそろ、本気になって子作りに励まんと」

「まあ、兄上ったら」

雪江は恥じらいながら逃げて行った。

「おいおい、雪江をいじめるな」

源九郎は顔をしかめる。

「いじめてなどおらん」

「いや。そなたは、何もわかっておらん。もし、俺か雪江か、いずれかが子が出来ない体だとしたらどうするのだ。このまま子が出来なかったら、傷つくのは雪江だ」

源九郎は真顔になって訴えた。

「わかってないのは源九郎のほうだ」

「なに？」

「そなたのほうが何もわかっておらん」

「どういうことだ？」

「最近、雪江に何か変わりはないか」

「変わり？」

源九郎は訝《いぶか》しくきいた。

「最近、雪江の目つきや肌の色が変わって来た。それに、やけに胸や喉に手を当てることが多くなった」

「……」

「念のためだ。医者に診《み》せてみろ。いや、雪江が気づいて、すでに医者に行っているかもしれぬが」

「まさか」

源九郎は口を半開きにしたまま、仙太郎を見つめた。

「そうだ。ややこが出来たかもしれん。いや、そうだ。俺の勘は外れたことはない」

「なんてことだ。政次とおせつの冥福を祈るための席に、そのようなめでたい話を持ち出すなんて」

「ひとは死に、代わりにどこかで新しい命が生まれる。世の定めだ。冥福を祈ることは、新しい命を祝うことと同じだ」

仙太郎はもっともらしいことを言った。

それから、源九郎は落ち着かなくなった。雪江が身ごもったかもしれない。自分の子だ。そう思うと、喜びから大声を上げそうになった。

だが、源九郎はやっとのことで思い止まった。まだ、はっきりしたわけではない。医者の見立てを聞いてからだ。

ぬか喜びして、あとで間違いだとわかったら、谷底に頭から落ちて行くような衝撃を受けるだろう。

落ち着け、落ち着くのだと、源九郎は自分に言い聞かせた。

翌日、町廻りの途中で、小月忠吾に出会った。

源九郎は雪江のことを考えていたから、口をきくのも億劫《おっくう》で、気づかなかったふうを装い、そのまま行き過ぎようとした。すると、いきなり、

「柚木どの」

と、忠吾に声をかけられた。

「なんだ？」

うるさいと思いながら、源九郎は忠吾の顔を見た。忠吾は所帯を持ってから風格が出て来たように思える。

「いや、たいしたことではないので、叱られるかもしれないのですが」

だったら、言わんでいいと、喉元まで出かかった。

「じつは、母が……」

また、母親か、と源九郎はうんざりした。

浪江と瓜二《うりふた》つだとまだ言っているのか。もう、いい加減にして欲しいと訴えたかった。浪江を可愛がってくれたことには感謝をするが、あまりにも執拗《しつよう》だ。

「今度は何て言っているのだ?」

「おめでたではないかと言っていました」

「な、なんだって」

思いがけぬ言葉に、源九郎は落ち着きをなくした。

「母御がそのようなことを仰《おっしゃ》っていたのか」

「はい。顔つきや体つきから見て、間違いないと思うと。母の見立ては当たるのです。私の妻のときも顔つきの違いからか言い当てました」

忠吾はすでに男の子の父親になっていた。妻女のときと雪江はまったく同じような顔つきだと、母親は言っていたという。

「忠吾。母御によろしく伝えてくれ」

源九郎はなんだか足が地につかず、心が浮き立ってきた。

仙太郎も同じことを言っていた。ひょっとすると、ひょっとする。知らず知らずのうちに、源九郎はにやついていた。

「旦那。何かあったんですかえ」

与市の声に、源九郎ははっと我に返った。

「いや、別に」

「そうですかえ。なんだか、ひとりでぶつぶつ言いながら、にやついていましたぜ」

「そんなことはない」

源九郎は否定したが、内心ではあわてた。

わざと、顔を引き締めようとしたが、うまくいかない。

与市が笑っていた。

その日の一日は長かった。各町の自身番に寄っても、どこか上の空になっている自分に気づいていた。

その日、早々と源九郎は帰宅した。

迎えに出て来た雪江が訝しげに、

「また、お出かけでございますか」

と、きいた。

「いや。そうではない。じつは……」

「はい」

雪江が黒い瞳を向ける。

「その……」

源九郎はなかなか言い出せない。

部屋に行き、刀掛けに刀を掛ける。

「なんでございましょうか。どうぞ、仰ってくださいませ」

雪江は常着を持って、きいた。

「そなた、その……」

すると、雪江があっと声を上げた。

「まあ、もしかして、お気づきだったのですか」

雪江は顔を赤らめた。

「はい。きょうお医者さまに診てもらいました。お腹にややこが」

「まことか」

源九郎は大声を上げた。

「はい」

でかしたと、大喜びをしたいところだが、源九郎はわざと顔をしかめ、

「そうか。ごくろう。体をいとえ」

と、無愛想に言った。

「はい」

源九郎は喜びを顔に出さないように常着に着替えた。

仙太郎といっしょに祝いたい気分だったが、源九郎は濡縁に出て、ひとりでしみじみと喜びを嚙みしめた。

庭に、赤蜻蛉《あかとんぼ》が飛んでいた。

三

九月に入った。風も身にしみて、ふともの悲しくなるような季節である。

その日の朝、仙太郎が朝食のあとに煙草をすっていると、誰かが訪ねて来た。お光がやって来て、

「小松さまと仰るお方がお見えです」

と、言った。

「小松どのが。客間にお通しして」

「はい」

お光が去ったあと、仙太郎は煙草をしまい、立ち上がった。

お光が戻って来た。

「ご案内いたしました」

うむと頷き、仙太郎は客間に向かった。

玄関脇の四畳半の部屋を客間にしているのだ。その部屋に入ると、小松典膳と熊倉伝十郎が並んで座っていた。

「小松どのに伝十郎どの。お帰りでしたか」

「昨夜、帰りました」

ふたりは辞儀をした。

仙太郎も向かいに座り、

「長い間、ご苦労さまでございました」

「仙太郎どの。茂平次には巡り合えなかった」

小松典膳が悔しそうに言った。だいぶ、疲れが見える。

「そのことですが、茂平次は江戸におりました」

「なに、江戸に」

典膳と伝十郎がほぼ同時に叫んだ。

「はい。茂平次は鳥居甲斐守が南町奉行をやめさせられたあと、谷中の寺に隠れておりました。さんざん、過酷な取締りをしてきて、町の衆から恨まれているので、身を隠していたようです」

「そうでしたか。で、いまは?」

「また、どこかに姿を晦ましてしまいました。でも、江戸にはいるはずです。寄合になったとはいえ、鳥居甲斐守は健在なれば、茂平次も勝手な真似は出来ないと思います」

「江戸にいると聞いて、また闘志が蘇《よみがえ》って来ました」

伝十郎が目をぎらつかせて言った。

また、頬がこけたようだ。心身ともに相当に疲れている。仙太郎は痛ましげに、

「そうですとも。決して諦めてはなりません。茂平次を討つ日にそなえ、体だけは大事になさってください」

と、励ました。

「かたじけない。仙太郎どのには何からなにまで厄介《やっかい》になり……」

「おっと、そんな礼はことが成就してからのことです。いまは、つまらない遠慮は無用ですぜ」

「このとおりだ」

ふたりが頭を下げた。

「失礼します」

お光が茶を運んで来た。

外で、話の切れ目を待っていたのだろう。お光は部屋に入り、ふたりに茶を差し出し、

「どうぞ」

と、言った。

「ご妻女どのですか」

典膳がお光に声をかけた。

「いえ、私は……」

お光は頬を赤らめた。

「これからですな」

「はい」

お光がはっきり答えたので、仙太郎はたまげた。

「失礼します」

逃げるように、お光は出て行った。

「なかなか、可愛らしいひとだ。仙太郎どのとお似合いでござる」

典膳が目を細めて言った。

言い訳をするのも煩《わずら》わしく、仙太郎は何も言わなかった。

「ところで、長崎で、茂平次について噂を耳にした」

典膳が言い出した。

「二年ほど前、長崎にて高島秋帆《たかしましゅうはん》どのが外国人との関わりを理由に長崎奉行に捕らえられたことをご存じか」

「知っています。西洋砲術家の秋帆先生を洋学嫌いの鳥居甲斐守が罠《わな》をしかけて捕まえたのではないかという噂があるとか」

長崎鉄砲方を世襲してきた高島家に生まれた秋帆は、伝来の秘術に加えて西洋流砲術を習い、身につけた。

そして、従来の火縄銃ではなく西洋の銃を用いて砲兵隊を編成し、外国と当たるべきだと主張した。

水野忠邦も秋帆を高く評価し、秋帆を江戸に呼び、代官江川英竜《えがわひでたつ》を入門させた。

だが、幕府内には西洋流砲術に反対する者が多く、高島秋帆を重用出来なかった。

その後、長崎に帰った秋帆が突如、長崎奉行に捕まったのである。

「じつは、茂平次は長崎地役人の子と称し、高島家に出入りをしていたそうだ。だが、茂平次は素行不良のために、高島家から出入り差し止めとなった。これを怨みとした茂平次は江戸に出て、洋学嫌いの鳥居甲斐守に秋帆についてあることないことを言った。つまり、鳥居は茂平次の讒言《ざんげん》を取り上げ、秋帆を捕まえたというのだ」

「茂平次ならやりかねない」

「私はこの話を聞いて、師の井上伝兵衛は鳥居の命令で、茂平次が暗殺したのではないかと確信した。だが、鳥居を討つことは叶《かな》わぬ」

「そうです。真相がどこにあろうが、公には敵は茂平次です。茂平次を討たねばどうにもなりませぬ」

仮に真の敵が鳥居甲斐守だったとしても、鳥居を討っても敵討ちとして認められない。それに、旗本の鳥居を討つことは無理だ。

「茂平次は、本郷から小石川、あるいは駒込のほうにいるのではないかと思われます。茂平次は無類の女好き。取締りが緩み、ぼちぼち商売をやりはじめてきた盛り場に出没するのではないでしょうか」

仙太郎はそう考えた。ことに、狙っていたおせつを取り逃がしたことで、茂平次は面白く思っていないはず。新たな女を求めて盛り場をうろついているような気がする。

「わかった。明日から、我らもその辺りを歩き回ってみる」

典膳は元気よく言った。

「あっしも歩き回ってみます」

「かたじけない。では、我らはこれで」

ふたりは座を立った。

立ち上がったとき、伝十郎は少しよろけた。そうとう、疲れがたまっているようだ。顔色が悪い。無精髭のせいか、むさい感じだ。髪も乱れているので、いかにもみすぼらしい。だいぶ気持ちがすさんでいる。あと半年もいまのような状態が続けば、伝十郎は必ず脱落する。それほど、身体も心も限界に近づいている。そう思えてならなかった。

「あまり、気ばかり焦ってもいけません。たまには息抜きをしたほうがよろしいかと思います」

仙太郎はあえてそう言った。

ふたりを見送って、居間に戻った。

ふたりの侍のことが気になるようだが、お光はそのことを口にしようとしなかった。

十月になると、巣鴨・染井などの植木屋がつくった菊を目当てに大勢の見物人が押しかけた。

仙太郎はお光を連れて、菊見物に行った。

いつしか、そばにお光がいるのが当たり前になっていた。それに、お光といっしょだと心が落ち着く。

ずっとひとりで自由気ままに生きて来て、この先も女房などとは縁なく生きて行くつもりでいた仙太郎は、自分でも心の変化に驚いていた。

十一月には、お光といっしょに御酉様《おとりさま》にも出かけた。

十二月二日、天保が弘化《こうか》と改元された。弘化元年はひと月足らずで終わり、年が改まると、弘化二年（一八四五）になった。

正月に、はじめてお光を源九郎の屋敷に連れて行き、雪江と引き合わせた。ふたりはすぐに仲よくなった。雪江のお腹はだいぶ大きくなっていた。

一月二十四日、青山権田原《ごんだわら》から出火。麻布《あざぶ》、白金、高輪まで延焼した。たくさんの死者が出たが、仙太郎の住まいのほうは影響はなかった。

だが、この火事騒ぎが何かの予兆であるかのように、仙太郎は何かが起こるような気がした。それがなんであるかわからない。だが、何かが変わる。二月の初午《はつうま》が過ぎると、ますます、そんな予感がしてきた。

果たして、二月二十二日、老中首座に再任されていた水野忠邦が病気を理由に辞任したのだ。

いまさら、忠邦が辞めたからといって、何かが変わるとは思えない。再任後の忠邦はほとんど主立った活動もしていないのだ。

にも拘《かか》わらず、忠邦の辞職で何かが起こる。仙太郎はそんな予感がしてならなかった。

四

水野忠邦が老中首座を辞した夜、鳥居甲斐守が評定所に召しだされ、相良《さがら》遠江《とおとうみの》守《かみ》の屋敷にお預けの身となった。

源九郎は鳥居甲斐守がお預けの身になったことに衝撃を受けた。その理由がわからないことも、落ち着かなくさせた。

過激な取締りなど、いろいろ問題はあったが、南町奉行だった人間だ。そのひとがいまごろ、どんな罪で吟味を受けようとしているのか。同情するつもりはないが、気にはなる。

まず、わからないことは水野忠邦が失脚した夜、ただちに鳥居甲斐守が評定所に召しだされたことだ。

鳥居甲斐守は水野忠邦を裏切った男だ。だから、忠邦が老中首座に再任した後、南町奉行を罷免された。忠邦の報復だったことはわかる。

だが、南町奉行職を解かれ、寄合に戻っただけで、旗本の身分は安泰だった。なぜ、報復ならあのとき忠邦は鳥居を南町奉行の罷免だけですませたのか。

考えられることは、忠邦はそこまで追い落とすことは出来なかった。つまり、そこまでの力はなかったということなのかもしれない。

再任後の忠邦は、これといった活動はしていない。最後の方は病気を理由に屋敷に引きこもることも多くなったという。

自分を裏切った鳥居甲斐守を叩きのめす力は、忠邦にはなかったのだ。

だが、再任の忠邦が致仕した夜に、どうして鳥居甲斐守が評定所に召しだされたのか。誰の考えか。

源九郎ははっとした。これで、茂平次はどうするか。鳥居がこんなことになったら、江戸から逃亡するはずだ。

その日の夕方、源九郎は仙太郎の家に行った。

ちょうど、仙太郎は帰って来たところで、お光の手を借り、常着に着替え終わったばかりだった。

「鳥居の件を聞いたか」

源九郎はまっさきに口を開いた。

「聞いた」

仙太郎も渋い顔で言う。

「茂平次は江戸から逃げたのではないか」

源九郎は不安を口にした。

「抜け目ない茂平次のことだ。逸早《いちはや》く、逃げたと思う」

「まさか、こんなことになるとは……」

「いったい、鳥居はどんな疑いで吟味を受けているのだ？」

「わからない。ただ、忠邦の致仕を待っていたかのように鳥居に手をつけている。

忠邦と関わりがあることに間違いない」

「老中の阿部正弘が動いたのだな」

「そうだ。忠邦は再任されたといっても、権限は一部だけ。いまや、中心は阿部正弘だ。おそらく、阿部は忠邦と鳥居が御改革中にしたことを問題にしているのだろう。ふたりが手を組んでしたことと言えば……」

源九郎が思案していると、

「高島秋帆の件ではないか」

と、仙太郎が口にした。

「高島秋帆か」

源九郎もそれはあり得ると思った。

かねてより、高島秋帆は鳥居甲斐守によって罪をかぶせられたという噂があった。

「その件には茂平次が絡んでいる」

源九郎は舌打ちして、続けた。

「鳥居がその件で吟味を受ければ、自分も無事ではすまされないと、茂平次は悟り、あわてて江戸から逃げたのだ」

「迂闊《うかつ》だった」

仙太郎は地団駄を踏んだ。

「おそらく、中山道《なかせんどう》を行ったと思われる。さっそく、街道筋を当たってみる。あのような特異な姿だ。見たという者がいるはずだ」

仙太郎はいまにも出かけようとするので、

「待て。明日でよい。こんな時間から外出しては、お光が心配する」

お光が心配するのひと言で、仙太郎は黙って座り直した。

これは本気で、お光に惚れていると思った。


三月に水野忠邦は大名小路の役宅を召し上げられ、麻布の内藤駿河守頼寧《ないとうするがのかみよりやす》の屋敷に移された。

考えていたとおり、老中阿部正弘は高島秋帆の一件で、忠邦と鳥居甲斐守を取り調べることになったのだ。

さらに四月になって、忠邦の三羽烏《さんばがらす》のひとり、金座改役後藤三右衛門《ごとうさんえもん》が、幕府の欠陥を指摘し誹謗《ひぼう》した罪や十八万両もの金銀を自宅に蓄え、妾六名という豪奢《ごうしゃ》な生活をしてきたなどの罪で捕らわれた。

そんな中で、本庄茂平次の行方は杳《よう》としてわからなかった。

三月に入ってからは、雪江は大きなお腹を抱えて、日がな一日、横になっていることが多くなった。産み月なので取り上げ婆を雇い、そして叔母が手伝いに来、また小月忠吾の母親も日に何度も顔を出してくれた。

源九郎は落ち着かない日々を過ごした。

三月末に、雪江が男の子を産んだ。赤子の産声《うぶごえ》を聞いたとき、源九郎はただおろおろしていただけだった。

はじめて我が子を見て、源九郎は不思議な気がし、じわじわと喜びが込み上げて来た。

翌日から出産祝いが届いたり、あわただしいときを過ごした。

子どもの誕生で、満ち足りた気分でいる間、大きな動きが起こっていた。

四月になったある日、源九郎が奉行所に出ると、先輩同心の大村又三郎が近づいて来て、小声できいた。

「おい、聞いたか。茂平次のこと」

「本庄茂平次ですか。何か」

源九郎もつられて小声できき返す。

「捕まったらしい」

大村が険しい顔で言った。

「捕まった？」

「そうだ。江戸を離れ、長崎に向かったが、長崎にもいられなくなって、そこを出ようとしたとき、捕まったらしい。江戸に護送されて来るそうだ」

「まことですか」

源九郎は自分でも声がうわずっているのがわかった。

「二、三日後には江戸に着くだろうということだ」

まさか、こういう形で茂平次が現れるとは思ってもいなかった。

源九郎は奉行所を飛び出すと、まっすぐ仙太郎の家に向かった。

江戸橋を渡り、堀江町四丁目にやって来た。すぐに仙太郎の家の格子戸を開けた。

だが、留守で、住み込みの婆さんが、

「きょうはお光さんのお兄さんの一回忌法要で、深川に行きました」

と、教えてくれた。

もう一年になるのかと、改めて月日の巡る早さを思い浮かべながら、源九郎は永代橋を渡った。

熊井町にある海雲寺にやって来た。本堂から読経が流れて来た。

仙太郎とお光の背中が見える。ふたりだけだ。源九郎はそっと本堂に上がり、ふたりの背後に腰を下ろした。

読経の声を聞いていると、一年前のことが蘇る。お光の兄富松の死体を、おせつが政次だと訴え出たことから騒動に関わりを持ったのだ。

そのおせつも政次も、いまはもういない。人生の無常を感じるが、そんな感傷は読経が止んで消えた。

「来ていたのか」

仙太郎が振り向いて言った。

「知らせてくれたら、はじめから参列したものを」

「いや。きのう、ふと思いついて、やろうと決めたのだ。ふたりだけだからな」

「兄のために、ありがとうございます」

お光が頭を下げた。

源九郎は、そのために来たのではないので、戸惑った。

三人は、墓地に向かった。

お光、仙太郎のあとで、源九郎も墓前に合掌した。

立ち上がってから、

「お兄さんも、きっといまのお光さんを見て、喜んでいることだろう。ふたりを引き合わせたのはお兄さんのようなものだからな」

源九郎の言葉に、お光はふいに嗚咽《おえつ》をもらした。

仙太郎がやさしく肩に手をかけた。

墓地を離れ、

「和尚さんにごあいさつをしてきます」

と言い、お光が庫裏に向かった。

お光の姿が遠ざかるのを待っていたように、仙太郎が厳しい顔になってきいた。

「何かあったのか」

「茂平次が捕まった。江戸に護送されて来るそうだ」

すぐに返事がなかった。

「まだ、詳しいことはわからない。だが、捕まったことは間違いない」

「そうか。茂平次が……」

仙太郎は激しい衝撃を受けたようだ。

「どれほどの罪になるのだろうか」

仙太郎が気にしているのは、そのことだ。高島秋帆のことで讒言をし、鳥居甲斐守の命令とはいえ、秋帆を罪に陥れるために画策した罪は重いだろう。死罪や遠島になったとしたら、永久に敵討ちの機会を失うことになるのだ。

「お光さんが戻って来た。この話はあとでだ」

源九郎が言うと、仙太郎も頷いた。


茂平次が小伝馬町の牢屋敷の揚《あが》り屋《や》入りになった。

鳥居甲斐守の家来である茂平次は、禄高の低い御家人や陪臣などが入る揚り屋に入れられたのだ。

鳥居甲斐守とそれに連座した茂平次らの取調べは老中牧野備前守《まきのびぜんのかみ》が中心となって評定所で行われる。評定所は和田倉御門外の辰《たつ》の口《くち》の伝奏《てんそう》屋敷の隣にある。

数日後から評定所で取調べがはじまった。だが、取調べの様子を知りたいと思っても、その様子は伝わって来ない。源九郎はなんとか知りたいと思い、親しい与力に頼んだが、その与力もわからないという。

もっとも、はじまったばかりでそれほどの進展はないのだろう。焦っても仕方ないが、ただ、評定所の様子を知る手立てが欲しかった。

評定所の取調べは老中牧野備前守の他に寺社奉行、町奉行、勘定奉行、大目付、目付が陪席する。

お奉行が陪席するので、場合によってはお奉行に直《じか》に訊ねてみようと決心した。

お宮参りが済み、源九郎も我が子を抱くことが多くなった。仙太郎に言わせると、般若同心の面影はないというが、自分の子なのだ、誰になんと言われようと可愛いものは可愛いのだと、日に何度も子どもをあやした。

五月の端午《たんご》の節句には大きな鯉のぼりを上げた。

そんな仕合わせの一方で、小松典膳と熊倉伝十郎は焦燥の毎日を送っていた。

五

きょうも小松典膳と熊倉伝十郎は小伝馬町の牢屋敷の前をうろついていた。

仙太郎は近づいて行き、

「門番が怪しんで見ています。さあ、行きましょう」

と声をかけ、ふたりを牢屋敷から引き離した。

「無念だ。あの塀の中に目指す茂平次がいるというのに」

伝十郎は目を剝いて言う。やせて頰がこけたので、目だけが大きく見える。

「昼飯はまだでしょう。どこかで、食べましょう」

仙太郎は言い、大伝馬町に行き、そば屋に入った。

二階の小部屋が空いているというので、二階に上がった。

小女に酒と適当なつまみを頼んだ。ふたりはさっきから黙ったままだ。

酒が運ばれて来た。

「さあ、呑みましょう」

仙太郎はふたりの猪口《ちょこ》に酒を注《つ》いでやった。

「評定所に連れて行かれるとき、襲えないだろうか」

伝十郎がぎらついた目で言う。

「いけません。それでは、伝十郎どのが罪になります。また、たとえ功を成したとしても、敵討ちとしては認められません」

仙太郎はたしなめた。

「わかっている。だが、そういうことを考えなければ、茂平次を討つことは出来ぬ」

伝十郎はいらだって吐き捨てた。

「まだ、吟味が続いているのです。そこまで考えるのは早いと思います」

「いや、もし茂平次が処刑されたり、遠島になったりしたら、永遠に手の届かないところに行ってしまう」

「でも、そんな真似をして茂平次を討ったとして、いい結果にはなりません」

法に則《のっと》った敵討ちを成功させなければ、藩に帰参出来ず、家名も断絶することになる。茂平次が捕まったことは、伝十郎にとって不運としかいいようがない。

「仙太郎どの」

典膳が鋭い目で仙太郎を見た。恐ろしい形相だ。思い詰めたような顔つきに、仙太郎は覚えず息を呑み込むほどだった。

「何か」

仙太郎は静かに問いかけた。

「拙者を牢内に入れてくれるように柚木どのに頼んではいただけまいか」

典膳は真剣な顔つきで言った。

「牢内ですって」

「さよう。茂平次と同じ揚り屋に入れていただきたい。なんでもいい。罪をでっち上げてもらって」

「揚り屋に入って何をするつもりですか」

「茂平次に取調べの様子をきく」

仙太郎は腕組みをし、しばらく考えた。

もし、牢内で茂平次と会った場合、典膳は冷静でいられるだろうか。その中で、茂平次に襲いかかるかもしれない。

それは敵討ちでもなんでもない。茂平次を討つのはあくまでも伝十郎でなければならないのだ。

仙太郎は腕組みを解いた。

「小松どの。いまの話は良策とは思えませぬ」

「なぜだ。茂平次に会えば、何かはじまる」

「いや。同じですよ。茂平次とて、自分の運命がわかりようもない。それに、顔を突き合わせていたら、不測の事態を引き起こしかねません。よろしいですか、単に茂平次の命をとることだけが目的ならこんな苦労はいらないのです。いままでだって、その気になれば、何度も命を奪う機会はありました。でも、本来の目的は敵討ちなのです」

こんな道理は典膳は弁《わきま》えていたはずだった。その典膳でさえも、正しい判断が出来なくなっている。

絶望感がそうさせているのだろう。典膳がそうならば、伝十郎のほうは推《お》して知るべしだ。

「そうだ。少し気分転換にどこか行って来たらどうですか」

仙太郎はいま思いついたことだが、それがよいような気がした。

「どこかへひと月かふた月ほど、湯治に行って来てください。もう、茂平次はどこへも行けないんです。沙汰《さた》が出るまで、じたばたしてもはじまりません。いかがですか」

伝十郎は迷ったような顔をした。

「残念ですが、先立つものがありませぬ」

典膳は小さな声で言い、

「仙太郎どのに預かったお金も長崎で使い果たしてしまった」

「お金なら私がなんとかします」

「とんでもない。仙太郎どのに、これ以上の迷惑はかけられぬ」

「誤解なすってはいけません。お貸しするんです。無事、敵討ちが済んだら伝十郎どのは帰参が叶い、小松どのはどこかに仕官の道が開けましょう。あっしはそこに期待をして賭けているんですよ。そんときに利子をつけて返していただきます。ですから、遠慮なく、お使いください」

再び、典膳と伝十郎は顔を見合わせた。

変化小僧が長屋にばらまこうとしていた金はまだだいぶ残っている。このふたりが使う額はたかが知れている。

「いかがですか」

仙太郎は訊ねた。

「お言葉に甘えさせていただく。このとおりだ」

典膳はうつむいたまま顔を上げようとしなかった。泣いているのだとわかった。

それから三日後、小松典膳と熊倉伝十郎は箱根へ湯治に出かけた。

ふたりが江戸を留守にしている間、茂平次の件は何の変化もなかった。

ただ、源九郎と雪江の子の成長がめざましく、秋になってお食い初《ぞ》めを行った。

生後百二十日経って、飯や魚、五個の餅、吸い物などの膳部を揃《そろ》え、赤子に食べさせる真似をするのだ。

ただ、仙太郎とお光の仲は最後の一線をなかなか越えられずにいた。小松典膳と熊倉伝十郎の助太刀《すけだち》を決心したからには、敵討ちが済むまではお光との仕合わせを考えてはいけないような気がしていた。

ある日、仙太郎が帰宅すると、お光が部屋の真ん中で悄然《しょうぜん》と座っていた。膝の前に風呂敷包がある。

「どうしたんだ？」

仙太郎は驚いてきいた。

「長い間、お世話になりました。きょう、ここを出て行きます」

「なんだと。どうしてだ？」

仙太郎はあわてた。

「いつまでもお世話になってはいけないと思うようになったのです」

「ばかな。ここがいやになったのか」

「いいえ、違います」

「では、なんだ？」

「私がいたんじゃ、仙太郎さんがご迷惑だと思ったのです」

「誰が迷惑なものか。俺はおまえがずっとそばにいてくれるものとばかり思っていた」

「でも……」

「でも、なんだね」

仙太郎は必死だった。女に対して、こんなに必死になったのははじめてだった。

「お光。俺が嫌いか」

仙太郎はお光の肩に手をやってきいた。

「いいえ」

「いいえじゃわからぬ。どうなのだ？」

「好きです。最初から好きでした」

「お光。俺もおまえが好きだ。どこへも行くんじゃない」

そう言い、仙太郎はお光を抱きしめた。

「うれしい」

仙太郎はこれまで思わせぶりな態度を示しながらお光に口ではっきり伝えたことはなかった。

お光は苦しんでいたのだ。これほど、お光は追い込まれていたのかと、仙太郎は忸怩《じくじ》たる思いだった。

小松典膳と熊倉伝十郎のことばかりに目が向いて、もっとも身近にいるお光に心を配ってやらなかった。

俺の落ち度だと、仙太郎は自分を責めた。

「お光。俺の嫁になるのだ。いいな」

「私でいいんですか」

「当たり前だ」

ぐっと、お光を抱きしめ、

「明日、兄さんの墓に報告に行こう」

と、耳元で囁《ささや》いた。

「はい」

お光は涙声で返事をした。

変化小僧とともに天魔小僧からも足を洗うのだと、仙太郎は心に決めた。

中秋の名月が過ぎてから、小松典膳と熊倉伝十郎が湯治先の箱根から帰って来た。ふたりとも、見違えるように元気になっていた。とくに、伝十郎は頬もふっくらとし、顔色もよくなっていた。

「おかげさまで、英気を養えました」

伝十郎が礼を言った。

「それはようございました。じつは、その後、変化はありません」

茂平次の吟味に進展がなく、源九郎が調べてくれた限りにおいては、鳥居甲斐守の吟味しか進んでいないようだった。

「そうか。でも、ご安心くだされ。我ら両名、まだまだ、負けはしない」

典膳が力強く言った。

「どうぞ」

お光が茶を運んで来た。

「かたじけない」

典膳は礼を言った。

お光が去ったあと、典膳が声をひそめて、

「仙太郎どの。何かあったようだな」

と、口許に笑みを湛《たた》えた。

「何かとは？」

仙太郎はきき返す。

「お光どのは輝いておられる。きっと、心身ともに満たされているのであろうと……、あっ、いや、これは失礼なことを」

典膳はあわてて言った。

源九郎からも言われたことだ。最近のお光はますます美しく色っぽくなったと。

「小松どの。じつは、私たちは夫婦になりました」

「なるほど」

典膳は笑みを浮かべ、

「それはおめでとうござる」

と、頭を下げた。

「祝言は挙げられたのですか」

伝十郎が身を乗り出してきく。

「いえ、祝言は挙げておりません。挙げるとすれば、おふたかたの宿願が叶ったのちに執り行いたいと思っております」

「仙太郎どの。それはいけない。それではお光どのが可哀そうではござらんか」

典膳が真顔で言った。

「いえ、お光もわかってくれていますので。それに、お互いに身内も少なく、祝言を挙げる意味もないのです」

仙太郎はふたりに負担をかけまいとして言った。

「そうでござるか」

典膳は申し訳なさそうな顔をした。

「どうぞ、お気になさらず」

その後、湯治場での様子を聞いたりして半刻（一時間）ほどして、ふたりは引き上げていった。

六

九月二日の夕方、町廻りを終えて、源九郎は奉行所に帰って来た。

同心詰所に入ると、すぐに大村又三郎が立ち上がり、源九郎を外に誘った。

人気《ひとけ》のない庭の隅で、

「水野忠邦が減封のうえ蟄居《ちつきょ》を命じられたぞ」

「蟄居？」

「しばらく下屋敷にて謹慎するように申しつけられたそうだ。いずれ、屋敷を没収され、隠居を命じられるようだ」

「忠邦に沙汰が下ったとなると、鳥居甲斐守にも近々、沙汰がありますね」

源九郎はようやく動き出したことに、軽い興奮を覚えた。

やがて、鳥居甲斐守の沙汰が明らかになった。

鳥居甲斐守は讃岐《さぬき》丸亀《まるがめ》藩主京極《きょうごく》家にお預けになった。そして、鳥居とともに水野の三羽烏といわれた天文方見習兼書物奉行渋川六蔵《しぶかわろくぞう》は豊後臼杵《うすき》藩稲葉《いなば》家に預けられた。もうひとりの金座改役後藤三右衛門は死罪に処せられた。

これで、天保の改革を進めていた中心的な勢力はほとんど取り除かれたことになる。

だが、死罪になったのは後藤三右衛門だけであった。

なぜ、後藤三右衛門だけが死罪という極刑を言い渡されたのか。どうやら、後藤だけが町人だったからのようだった。

いよいよ、茂平次の沙汰が下る。源九郎は身内が震える思いがした。

しかし、その後も茂平次の件で新しい知らせはなかった。高島秋帆の件も長引いている。茂平次の讒言で、秋帆を不正に捕まえたことは明白のはず。なぜ、秋帆はお解き放ちにならないのか。そのことも、源九郎には合点がいかなかった。

とにかく、取調べに時間がかかり過ぎている。そうとしか思えなかった。

源九郎は上役の与力に頼み、年番方の古参与力と会う手筈《てはず》をつけてもらった。そして、年番方与力に会って、お奉行への面会を申し入れた。

源九郎がお奉行に直接会ってみようと決心したのは、この年、お奉行がさらに遠《とお》山左衛門尉景元《やまさえもんのじょうかげもと》に代わっていたからである。

鳥居甲斐守がお奉行を罷免されたあとは跡部能登守《のとのかみ》が就任し、いまは遠山景元になっていた。

遠山景元は天保の改革時、北町奉行を務めていた。

南町が鳥居甲斐守のもとに過酷な取締りに走る中、北町はかえってそんな南町に批判的だったと聞いている。

小月忠吾も倹約令に関わることで町の者をお縄にしたことはなかったようだ。

源九郎がお奉行と会うことが出来たのは十一月に入り、明日が御酉様《おとりさま》という日だった。

遠山景元は若い頃はさんざん道楽をしてきたという噂のとおり、芯の通った厳しさの中に人情を弁えたようなやさしい眼差しを浮かべていた。

「そのほうが般若同心と呼ばれている柚木源九郎か」

遠山景元は威厳に満ちた態度で口を開いた。

「はい。柚木源九郎にございます」

源九郎は低頭した。

「北町にいたときから、そのほうの噂は聞いていた」

「恐れ入ります」

源九郎は恐縮する。

「して、わしに願いとは何か」

「はっ。じつは、いま評定所にて取調べを受けている本庄茂平次なる者についてお願いの儀がございます」

「うむ。話してみよ」

「はっ」

源九郎は顔を上げて切りだした。

「天保九年十二月。剣術道場主の井上伝兵衛が下谷御成小路にて惨殺されました。伊予松山藩士である伝兵衛の弟熊倉伝之丞は永の暇《いとま》を藩に申し出て、兄の敵討ちに出ました。が、四年後に殺害されました。その後の調べで、本庄茂平次の仕業とわかりました。本庄茂平次は鳥居甲斐守さまの家来となり、鳥居さまに命じられて井上伝兵衛どのを暗殺したものと思われます」

遠山景元は黙って聞いている。

「いま、伝之丞の一子伝十郎が父の敵討ちをすべく、井上伝兵衛の門下だった十津川浪人小松典膳とともに本庄茂平次を追っていました。苦節七年、熊倉伝十郎は心身ともに限界に達しております。なれど、茂平次は捕まり、ふたりの手の届かないところに行ってしまいました。もし、茂平次が死罪、もしくは遠島ともなれば、永遠に敵討ちの機会は閉ざされてしまいます」

源九郎は両手をついて、

「お願いでございます。茂平次の取調べがどうなっているのか、また、死罪なり遠島にならず、なんとかお解き放ちにならないものなのか」

「柚木源九郎。出過ぎた真似ぞ」

遠山景元の怒声が飛んだ。

「はっ」

源九郎は平身低頭した。

「評定所は天下国家に関わる罪について調べておるところ。それを、一個人の事情をもってお裁きに口をはさむとは何事ぞ」

「お叱りはもっとものことと存じます」

「控えろ」

「はっ」

「そなたの申し出は越権行為である」

遠山景元は容赦なく言った。

「申し訳ございません」

「わかればよろしい。以上は、南町奉行遠山左衛門尉景元として述べた。これからは、拙者《せっしゃ》も一個人として話そう」

遠山景元の態度が変わった。

「さて、源九郎」

遠山景元の口調が急に砕けた。

源九郎は耳を疑った。

「じつは、俺も茂平次のことは耳にしていた」

「お奉行……」

「いまは奉行ではない。ただの遠山景元だ。よいな」

「はっ」

「ただの遠山景元に、そんなに畏《かしこ》まらんでもいいぜ」

市井《しせい》に身を寄せていた若いころを思い起こさせるようなべらんめえ口調になった。

「何から話そうか。まず、高島秋帆の件だ。こいつは、鳥居が不正な取調べで罪をでっち上げたと世間は思っているようだが、問題はそのことではないんだ」

「と言いますと？」

源九郎は問い返す。

「秋帆が外国とつるんで謀叛《むほん》を企てたというのは鳥居のでっち上げだと明らかになった。この件は不問だ。だが、秋帆には長崎会所の調役頭取の地位を利用して懐を肥やしたという疑いがある。こっちが問題なのだ」

「……」

源九郎には意外な話だった。

「秋帆の件はじきに決着する。その後、茂平次の最後の取調べにかかる」

「見通しはいかがでありましょうか」

「残念ながら、犯罪をでっち上げた罪は重い。いままでの経過から申せば、死罪は間違いないだろう」

「死罪」

源九郎は一瞬目の前が暗くなった。

「だが、俺も頑張るつもりだ。なんとか、死罪にならずに済むように意見を申し立ててみる」

「ありがたきお言葉なれど、遠島であっても、茂平次に手は届きません。敵討ちは断念せざるを得ません」

「遠島より軽い刑ですまされるか」

遠山景元は厳しい顔つきになった。

「なんとかやってみよう」

「どうぞお願い申し上げます」

源九郎は畳に額をつけて頼んだ。

「そうそう、言い忘れていたことがあった」

遠山景元は鋭い目で、

「取調べのおり、俺は茂平次に確かめた。剣術道場主の井上伝兵衛を闇討ちにしたのはそのほうかと」

「して、茂平次は？」

「最初はのらりくらりと逃げておったが、再度鋭く問い詰めると、鳥居甲斐守の命令で闇討ちしたことを認めた」

「そうですか。茂平次は認めましたか」

「さらに、熊倉伝之丞のこともな」

「ありがとうございます」

これまで、何度か茂平次と出会いながら、討ち果たすことが出来なかったのは、茂平次が敵だという証《あかし》がなかったからだ。茂平次に間違いないと思いながら、証がないばかりに逃げられていた。

早く、小松典膳と熊倉伝十郎に知らせてやりたいと思った。


その夜、仙太郎の家に行くと、小松典膳と熊倉伝十郎が来ていた。

「ちょうどよい。知らせておきたいことがある」

そう言い、源九郎は三人の顔を見回した。

典膳と伝十郎がすがるような目を向けた。

「きょう、お奉行にお会いして、いまの評定所の様子を聞いた」

源九郎は遠山景元から聞いた話をもれなく話した。

「死罪ですか」

呆然《ぼうぜん》と、伝十郎が言う。

「だが、お奉行は事情をよくご存じだった。茂平次の罪が軽くなるようにご尽力してくださると約束してくれた」

「遠山さまなら信用出来ます」

仙太郎が応じた。

「しかし、死罪をせいぜい遠島に持って行くのが精一杯ではなかろうか」

典膳が不安を口にした。

「小松どのも伝十郎どのも望みを持ちましょう。悪いほう悪いほうに考えたら、ほんとうに悪い結果になってしまいます」

仙太郎が元気づける。

「それから、茂平次は井上伝兵衛どの、熊倉伝之丞どのを切ったことを認めたそうだ」

「ほんとうですか」

伝十郎が声を弾ませた。

「そうだ。お奉行をはじめ、老中も聞いている。これで、茂平次が敵であることは疑いようもなくなった」

「それがわかっただけでもよかった」

典膳がしみじみと言った。

「天は必ず正しき者に味方してくれる」

源九郎は力強く言った。

「そのとおりでござる。望みを捨てず、頑張ります」

典膳が伝十郎にも言い聞かせるように言った。

「はい。まだ望みは捨てません」

伝十郎も力強く答えた。

仙太郎が手を叩くと、お光が酒肴《しゅこう》を運んで来た。

「さあ、何もありませんが、召し上がってください」

お光はすっかり女房らしくなっていた。

「明日は一の酉。運をかき集めるためにも熊手を買ってきなすったらどうですかえ」

仙太郎が言い出した。

「仙太郎どのは行かれるのか」

猪口を口から離して、典膳がきいた。

「へい」

「お光どのといっしょか。うらやましい」

典膳が笑った。

典膳はずっと独り身を通してきた。最初に会ったときに比べ、だいぶ歳をとったと、ふと痛ましく思った。

お光と出会わなければ、仙太郎とてゆくゆくは小松典膳のように独り身を通すようになったかもしれない。

源九郎は眩《まぶ》しい思いで、甲斐甲斐《かいがい》しく働くお光を見た。

七

十二月五日、吉原の京町二丁目の遊廓《ゆうかく》から出火、廓《くるわ》内が全焼した。その火事で奉行所の人間も大勢出動していった。

そして、二日後の七日、源九郎はお奉行に呼ばれた。

遠山景元の厳しい顔を見て、源九郎は悪い知らせだとわかった。

なかなか切り出さない遠山景元に、源九郎は先回りをして言った。

「本庄茂平次の刑が決まったのですね」

遠山景元は頷いた。

「死罪ですか」

「いや。遠島だ。死罪のところを、遠島に持って行くのが精一杯だった。力足らずで申し訳ない」

「いえ、お奉行にはご尽力いただきありがたく存じております」

源九郎はそう答えたものの、小松典膳と熊倉伝十郎の顔が脳裏を掠《かす》め、微かに胸が痛んだ。

その夜、源九郎は仙太郎の家を訪ねた。

だが、仙太郎はいなかった。

「吉原に行っています」

お光が不安そうな顔で言った。

「吉原?」

「おたまさんが無事かどうか、確かめに」

おたまはお光の兄富松と恋仲だった女だ。京町一丁目にある『松島楼』で小菊という名で出ていた。

「そうか。火元は京町二丁目だったな」

火元に近いので、おたまの身が心配になったのであろう。

「もう、そろそろ帰ると思います」

お光の言葉が終わると同時に、格子戸の開く音がした。

お光がすぐに飛んで行った。

無事だったという声が聞こえた。

やがて、仙太郎が現れた。

「ごくろうだったな。おたまは無事だったのか」

源九郎はきいた。

「無事だった。かなり危なかったのだろう、まだ怯《おび》えていた」

仙太郎はお光に目をやってから、

「おたまに、富松が死んだことを告げたら、慟哭《どうこく》していた」

「そうか」

お光を見ると、うつむいていた。兄のことを思い出しているのだろう。

「仙太郎。きょうはよくない知らせを持って来た」

「茂平次のことか」

「うむ。遠島に決まった」

「遠島……」

「八丈島で死ぬまで過ごすことになる」

仙太郎の深い溜め息が聞こえた。

「そうか。遠島か」

仙太郎はもう一度呟《つぶや》いた。

これで、敵討ちの機会は永遠に失われたことになる。伊予松山藩への帰参は叶わず、熊倉伝十郎は市井に身を埋めて、これからの人生を歩むことになる。

「だが、これでよかったかもしれない」

仙太郎がぽつりと言った。

「俺がなんとか市井で暮らしが立つように考えてやろう」

仙太郎は痛ましげに言った。

弘化三年（一八四六）の年が明けた。

子どもの初正月で、床の間に破魔矢が飾られた。

その正月気分の中、十五日の夕方、北からの激しい風が吹きつけて、土埃《つちぼこり》が舞い、ときどき立ち止まっては顔をうつむけ、目を手で覆わなければならなかった。

源九郎は与市とともに町廻りをしていて、神田須田町に差しかかったときだった。最初に火の手に気づいたのは与市だった。

半鐘の音が聞こえたあと、

「旦那。火事だ」

と、与市が湯島、本郷のかなたを指さして叫んだ。すぐに、各町内の半鐘が鳴り出した。家々からひとが飛び出して来て、炎を確認している。

「まずい。この風だ。こっちに飛び火する」

火の粉が飛び、見る間に炎が大きく、近づいて来るのがわかった。

「旦那。あっしは旦那のお屋敷に行って来ます」

与市が叫んだ。

「すまない」

源九郎は自分の屋敷のことを与市に頼んで火事場へ急ぎ、逃げまどうひとの指図や警固などに当たらねばならないと思ったが、ふと思い出したのはお光のことだ。仙太郎がいてくれたらよいが、留守だと困る。

源九郎は堀江町に向かった。風向きで、こっちのほうに火の手が迫って来ると判断したのか、荷物を持って逃げ出すひとびとで道はごった返した。

仙太郎の家に駆け込むと、お光と婆さんがおろおろしていた。

「あっ、源九郎さま」

お光が安心したように言う。

「だいじょうぶだ。仙太郎はいないのか」

「出かけております」

「よし、用心のためだ。ここから逃げよう」

「でも、仙太郎さんが……」

「あいつなら大丈夫だ」

お光が荷物をまとめているとき、仙太郎が帰って来た。

「おお、来てくれていたのか」

仙太郎は安心したように言い、

「神田のほうまで燃え広がった。火はこっちに来る。ここも危ない」

「ともかく、俺の屋敷に逃げろ。俺は現場に行かねばならぬ」

源九郎は仙太郎にあとを託し、すぐに家を飛び出した。

辺りは暗くなっていたが、火事は昼間のように空を明るく染めていた。

神田のほうに向かいかけて、源九郎はあることに気づいた。このまま、火は小伝馬町の牢屋敷に及ぶはずだ。

牢屋敷に火が移ったら、囚人を本所回向院《えこういん》まで立退《たちの》かせる。もし、そこから逃亡すれば、捕らえて死罪。火が収まったあとに立ち返れば、罪一等軽くなる。死罪の者は遠島。遠島の者は追放……。

源九郎は茂平次のことを考えた。

すぐに浜町堀を越え、両国広小路に出た。大八車に家財道具を積んで逃げる者などで広小路もごった返していた。

混雑する両国橋を渡り、源九郎は本所回向院にやって来た。まだ、囚人たちは来ていない。

やがて、囚人たちが回向院の境内にやって来た。

源九郎は少し離れた場所から様子を窺った。ようやく、茂平次の姿を見つけた。

掛かりの役人が囚人たちに三日以内に浅草溜り へ戻るように申し渡した。もし、戻らなければ死罪だ。戻れば罪一等軽くなる。

三日間の猶予をもらった囚人たちは一斉に境内を出て行った。この三日間だけ、自由を得られるのだ。

茂平次はどうするか。逃げたら死罪。逃げなければ追放の刑ですむ。茂平次は逃げないだろうと思った。

茂平次がひとりになって山門を出ようとした。

「本庄どの」

源九郎は声をかけた。

「おお、そなたは……」

くすんだ顔で、羽振りのよかった一時の茂平次から比べたら見る影もないほどやつれていた。

「お久しぶりです」

「俺を笑うために待っていたのか」

「違います。本庄どの、どうか三日以内にお戻りくださいますよう。罪一等を減じられ、追放だけですみますから」

「そなたに関わりのないこと」

そう言い、茂平次はどこかへ消えて行った。

源九郎は啞然《あぜん》とした。あれが、本庄茂平次か。まるで、病気であるかのように、生気がなかった。

逃げないと、思った。どっちが得か、自明の理だったからだが、それより茂平次にはそんな気力がないように思えた。

火事で焼失した町数は約三百、死者もたくさん出た。火元は小石川の武家屋敷だった。幸い、八丁堀の組屋敷は無事だった。が、仙太郎の家は焼けた。

茂平次は火事の翌日には戻っていたということだった。

その後、茂平次の件で動きがなかったが、ひと月後に、源九郎はお奉行に呼ばれた。

「源九郎」

遠山景元は伝法な感じで言った。

「茂平次の罪を減じ、中追放《ちゅうついほう》となったぜ」

「まことですか」

「間違いない。俺が決めたのだからな」

遠山景元はそれだけ言うと、いきなり威厳に満ちた態度になり、

「柚木源九郎。ごくろうであった。もう、下がってよい」

と、鷹揚《おうよう》に言った。

その知らせは、仙太郎から小松典膳と熊倉伝十郎に伝えられた。ふたりは涙を流して喜んでいたという。


茂平次が追放される日、小松典膳と熊倉伝十郎は朝から牢屋敷を見張っていた。周囲は火事の焼け跡が残っており、先月の火事の凄《すさ》まじさを物語っていた。

仙太郎は少し離れた場所からふたりを見ていた。

午後になって、茂平次が牢屋敷から出て来た。同心や小者《こもの》が両脇に控え、茂平次を連行するように歩きはじめた。

途中で、茂平次は同心たちと別れ、ひとりで常盤橋《ときわばし》御門から神田橋御門を過ぎ、一ツ橋御門外に差しかかった。

その前は火除《ひよ》け地《ち》で雑草が生い茂るだだっ広い空き地になっていた。そこに面しているのは板倉伊予守の屋敷だった。

もともとは、この地に護持院《ごじいん》という寺があったが、大火で焼けてしまった。再建は許されず火除け地になった。が、いつしか護持院原と呼ばれるようになった。

いきなり小松典膳が茂平次に近づいた。茂平次が立ち止まった。伝十郎も駆け寄り、

「本庄茂平次、父と伯父の敵。覚悟」

と、大声を張り上げた。

茂平次は恐怖に引きつった顔をしたが、すぐに刀を抜いた。典膳が仕掛ける。茂平次はその剣をかわすのがやっとという感じだった。すかさず、伝十郎が斬りつけた。

茂平次はよろけ、伝十郎の剣を避《よ》けられなかった。さらに、伝十郎は斬りかかった。茂平次の眉間《みけん》から血が流れた。

茂平次の体がどっと倒れた。

「お見事でございます」

仙太郎は讃えたが、茂平次には闘う気力はなかったように思えた。

伝十郎が嗚咽を漏らして泣きだした。これまでの苦労が走馬灯のように蘇ったのか。

そのとき、板倉伊予守屋敷の辻番人が駆けつけて来た。

小松典膳は刀を納め、

「敵討ちにございます」

と、神妙に訴えた。

八

それから、しばらく経って、源九郎の屋敷に仙太郎がやって来た。

「熊倉伝十郎どのは伊予松山藩に帰参がかなったそうだ」

仙太郎が弾まない声で言った。

「どうした？　あまりうれしそうではないな」

「いや。伝十郎どののことはよかったと喜んでいる。だが、小松どのはどこからも仕官の口はかからないようだ」

「まだ、これからだ」

「そうだといいが」

「なんだ、まだ何か屈託がありそうだな」

源九郎は訝しくきいた。

「じつは、茂平次は最初から討たれるつもりだったように思えてならない」

「なぜだ？」

「いや、なんとなく」

「病気に罹《かか》っていたのかもしれぬな」

回向院で会ったときの茂平次からかつての迫力は感じられなかった。仙太郎の目は当たっているのかもしれない。生きる気力をなくしており、どうでもいいという気持ちが大きかったのか。

「まあ、茂平次らしくない最期だった」

ふと、遠山景元の顔が脳裏を掠めた。まさか、お奉行が茂平次に因果を含めたのではないのか。

茂平次は最初から討たれるつもりだったようだという仙太郎の言葉も説明がつく。いや、そんなことがあるはずはない。

「どうした？」

「なんでもない」

向うの部屋では、雪江とお光が子どもをあやしていた。火事で焼け出されてから、仙太郎は変化小僧の隠れ家のひとつに住んでいた。

「そうだ。良安が屋敷を出て行くことになったのだ。日本橋のほうで新たに開業するらしい。どうだ、そこに住まないか」

「あの家に？」

「そうだ。俺とおまえとの因縁《いんねん》のある家だ。そこに、お光さんと住んでもらえれば、雪江も喜ぶ。そうしろ」

「そうだな」

仙太郎は乗り気になった。

我ながら、いい思いつきだと思った。

「それから、改めてお光さんとの祝言を挙げよう。いいな」

「わかった」

仙太郎は苦笑した。

またも仕合わせそうな子どもの笑い声が聞こえて来た。

二〇一一年八月　ベスト時代文庫

光文社文庫

長編時代小説
敵《かたき》 討《う》 ち　般若同心《はんにゃどうしん》と変化小僧《へんげこぞう》(八)
著　者　小《こ》　杉《すぎ》　健《けん》　治《じ》

2015年5月20日　初版1刷発行

発行者　鈴　木　広　和
印　刷　堀　内　印　刷
製　本　フォーネット社

発行所　株式会社　光　文　社
〒112-8011　東京都文京区音羽1-16-6
電話　(03)5395-8149　編　集　部
8116　書籍販売部
8125　業　務　部

ISBN978-4-334-76914-7　Printed in Japan

組版　萩原印刷

お願い　光文社文庫をお読みになって、いかがでございましたか。「読後の感想」を編集部あてに、ぜひお送りください。
このほか光文社文庫では、どんな本をお読みになりましたか。これから、どういう本をご希望ですか。どの本も、誤植がないようつとめていますが、もしお気づきの点がございましたら、お教えください。ご職業、ご年齢などもお書きそえいただければ幸いです。当社の規定により本来の目的以外に使用せず、大切に扱わせていただきます。

光文社文庫編集部

人気炸裂! 文庫書下ろしシリーズ

小杉健治

外道ぶりここに極まる!

五万両の茶器 新九郎外道剣(一)

七万石の密書 新九郎外道剣(二)

六万石の文箱 新九郎外道剣(三)

一万石の刺客 新九郎外道剣(四)

十万石の謀反《むほん》 新九郎外道剣(五)

一万両の仇討 新九郎外道剣(六)

三千両の拘引《かどわかし》 新九郎外道剣(七)

四百万石の暗殺 新九郎外道剣(八)

百万両の密命(上・下) 新九郎外道剣(九)